世间所有的秘密

刘年诗歌自选集

刘年 著

CTS 湖南文艺出版社

图书在版编目（CIP）数据

世间所有的秘密：刘年诗歌自选集 / 刘年著 . --
长沙：湖南文艺出版社，2021.8（2024.3 重印）
ISBN 978-7-5726-0274-0

Ⅰ . ①世… Ⅱ . ①刘… Ⅲ . ①诗集 - 中国 - 当代
Ⅳ . ① I227

中国版本图书馆 CIP 数据核字 (2021) 第 143200 号

世间所有的秘密：刘年诗歌自选集

SHIJIAN SUOYOU DE MIMI: LIU NIAN SHIGE ZIXUANJI

刘 年 著

出 版 人 陈新文
责任编辑 苏日娜
书籍设计 刘盼盼
出版发行 湖南文艺出版社（长沙市雨花区东二环一段 508 号 邮编：410014）
网 址 http://www.hnwy.net
印 刷 湖南贝特尔印务有限公司
经 销 湖南省新华书店
开 本 880mm×1230mm 1/32
印 张 12.5
字 数 220 千字
版 次 2021年8月第1版
印 次 2024年3月第3次印刷
书 号 ISBN 978-7-5726-0274-0
定 价 48.00 元

（若有印装质量问题，请直接与本社出版科联系：0731-85983029）

芙蓉出品

序：祈祷辞

愿屋檐保佑燕窝
愿青苔保佑石头
愿苍天保佑大地
愿大地保佑根
愿锈保佑铁
愿白纸保佑黑字

目录

第一辑 念

世间所有的秘密，都在水里

第二辑 欢喜

你的脸颊，亦有陡峭之美

第三辑 问

下辈子还当不当诗人

第四辑 倾诉

世间所有的结局，都在火里

第一辑　念

世间所有的秘密，都在水里

离别辞

白岩寺空着两亩水，你若去了，请种上藕

我会经常来
有时看你，有时看莲

我不带琴来，雨水那么多；我不带伞来，莲叶那么大

覆盖辞

昨天覆盖了前天
卖房启事，覆盖了寻人启事

汪家庄的白杨

起风了
水柳在摇，椿树在摇，棠棣在摇，板栗树也在摇
有鸟窝的白杨，摇动幅度最小

邀请函

明日最好，溪谷樱花盛极
虽仅一树，但姿态绝美

七日亦可，可赏花落
切莫再迟，樱花落尽，吾将远行

大西北

我的孤独，像阴山；我的忧虑，像祁连山
我的内疚，像白雪皑皑的贺兰山
只有一望无际的辽阔，才放得下
这是我一次次，落日一样，走向地平线的原因

夕阳之歌

等蜻蜓选定落脚的稻叶
等花头巾的女人，取下孩子背上的书包
等牛羊全部过了木桥
夕阳才沉了下去

悲　歌

为什么悲伤如此巨大，欢愉如此短暂
为什么，我如此眷恋生命
我应该如何向你描述我的远方
佝偻在土地上的人，天边的北斗七星，是永远拉不直的问号

渔歌子

快递员骑着摩托，几经周折，到达了收件地址
白鹭有几十只，灰鹭有两只，人却没有半个

等不起你，我们到青溪收卡来了
渔娘在手机里说：“包裹挂在第三棵乌桕树上就行。”

黄叶村的雪

矮胖，小眼睛，一样的害怕温暖
小女孩堆的雪人，是我的塑像

雪，越下越紧，卧佛寺传来警钟
林冲就是这样走失在风雪里的

不能再往前走了，贾宝玉就是这样走失在风雪里的

风 溪

女人在上游洗尿布，老和尚在下游洗袈裟

女人端起塑料盆，要去下游
老和尚阻止了："尿布，是小一点的袈裟。"

他们走后，来了一群麻鸭，洗脚，洗嘴，洗翅膀

横断辞

他们赞美的大山和大河，是他憎恨的大牢和大锁
——如果有命离开，尿，都不朝这个方向屙

后来，真的离开了
后来的后来，他嘱咐孩子，坟，一定要朝这个方向埋

晚　晴

瘸腿的拾荒者，取下草帽，露出狮鬃般的长发
农妇直起腰来，群山伏了下去

彩虹，是落日给人类的加冕
牛羊鲜艳，天地酡红

看到落日的，落日看到的，一一被赠予了光辉

色达歌

放假回家的女子，骑着单车，袈裟飘飘，像朵火苗
她消失的地平线，云，开始燃烧

燃烧，到巴颜喀拉的雪为止
夕阳换成了月亮，火焰换成了海水，袈裟换成了旗袍

拥　抱

她张开双臂的那一刹那
你想到了十字架，想到了救世主
你有了赴死的心

陇上行（四首）

河西走廊

小麦收完之后，陇上的天空，高了三尺

祁连山下的牧羊人

宰了公羊后，阿吉坐在草坡上等
今天，无论老少，路过的，都须上来吃酒
不吃，他会来硬的
身后，除了晴雪千里的祁连山，还有一支双管的猎枪

莫高窟

用画曼陀罗的笔，画你的眉毛
画飞天的时候
你抱着琵琶，轻轻地跳
用你的胭脂，画袈裟；用你的笑容，画菩萨
洞外，菩萨用白雪，涂改着黄沙

行 者

继续走，顺着日落的方向
和月亮一样，和星星一样，我能感受到太阳的引力

凉山辞

直上千米，岩石有了鹰嘴、狼牙和刀锋
直下千米，金沙江有了蛇的惊恐

弟弟将姐姐搂出了母亲的慈祥
十一岁的姐姐，将洋芋片炸出了勋章的光芒

世间所有的秘密，都在水里

风中的群山，你的乳房，我的人生
都在模仿水的形状
对岸，一只灰鹭在模仿我的沉默
田野里，一群奔跑的孩子，喧哗着，模仿水的流逝

时间谣

每一天，都是清明，每一天，都在祭奠
每一处，都有供桌，每个人，都是祭品
呵，这纸糊的电视，纸糊的房子，纸糊的天

四月的天空

风筝最大的好处
是让那个捡破烂的老大娘
也抬起了头

我游过十三条大江

长江缓慢而壮阔，初秋一样，难以抗拒
所以要在岸边，拴手臂粗的铁链
黄河最浑，羊水一样，潜在里面，睁不开眼
最清最冷的，是额尔齐斯河
阿尔泰山的雪意，至今还在骨头里，没有褪尽

铁 谣

土壤那么红，因为含铁量高。喝杯酒，说句谎
脸那么红，证明你身体里含铁量很高

父亲的锄头，最终埋葬了父亲
骨头，始终硬不过铁

白岩寺的铁钟，总让你想起，锄头敲在黄狗头颅上的回响

葱岭歌

去葱岭！去群山的故乡！去日月星辰的老家
我有棕熊的胆小，需要人迹罕至的风雪
我有无处安放的虚无，需要雄鹰看管的荒原
我有一颗失败者的头颅，需要像慕士塔格雪峰一样
接受群星的照耀

骆驼谣

你们说的金银、丝绸和香料，是骆驼的负重
你们说的肿瘤，是骆驼的驼峰

牛羊埋头吃草，只有骆驼望着远方
笑它痴呆，因为你们闻不到沙尘暴的味道

你们说的昆仑，是支驼队，为人间驮来了千年不化的雪

萨荣小夜曲

睡在屋顶，月光过于强烈，眼睛受不了
往右侧身，是涛声雷动的金沙江
往左侧身，是鼾声雷动的扎西尼玛和李贵明

换一头再睡，月光还是刺眼
往右侧身，是四只臭脚；往左侧身，是北斗七星

甘南（二首）

繁 花

白云不动，它就不动。一头吃过繁花的牦牛，懂得了审美

离开扎西的帐篷，去远方之前，又绕到了达瓦的帐篷
一条穿过繁花的路，懂得了珍惜

野蜂懂得了感恩，把繁花当成大地上的经文，从早念到晚
从生念到死

牧 歌

绵羊是白棋，牦牛是黑棋，白棋刚刚占上风
牧人把棋收走了

天老爷又在西北角，布了一粒金星
帐篷里的灯，跟着亮了

雨脚云收走了满天的星星，牧人家的那盏灯赢了

沅水（四首）

康家洲

还以为是废弃的塑料薄膜，堆在康家洲头
直到三十七只白鹭飞起来
青山更青，绿水更绿，黄昏更黄，老船夫仰起了头
白鹭落到对岸，花岗岩开出了白莲

浦 市

这岸有个戏台，老辈人说，看戏是危险的
有女孩跟着戏班，去了乌宿，至今没回
对岸有个空庙，有渡船，也不想过去
对于一个千山万水走遍万紫千红看穿的中年人来说
空庙，如同空腹的老虎，尤其危险

五强溪电站

没有水坝多好，困在洞庭的鱼，就可以直达老家了
船没有鱼厉害，上不去的滩，要请纤夫
想做纤夫，有一副粗野的歌喉，可以挑逗对岸的村姑
有一身饱绽的肌肉，让这岸的村姑，也忘记了洗衣服

借母溪

鱼苗们围着野泳的我，轻触轻咬，肉麻而有趣
有个放牛的女人在远处看
见我抬头，忙低下头去
她的目光，又顺着曲折的借母溪，流到了我的身上

磨刀记

生锈，就是生气。刀是一种宠物
不会愿意在抽屉里，和一堆过期药片关在一起

打磨就是抚摸，石头就是肥皂
刀口，吐出了月牙状的舌头

挥刀砍水，水，应声而裂；还刀入鞘，天，便黑了

夜宿反法西斯公园里的坦克

三十厘米厚的钢板，也不能阻挡人间的深寒
爬出来，用月光和星光取暖

我吹响了不锈钢的口琴
呼伦贝尔的风，吹响了 125 毫米口径的滑膛炮管

草　歌

多年之后，那些被践踏的草
化成了一头红眼的公牛，冲向狂欢的人群

青稞颂

晒黄了贝叶经的阳光，晒黄了青稞

刚刚在拉路寺礼佛的女人
回到白龙江的左岸，又向青稞躬下了身子

收割的女人，独自散发着十多亩的金光

大海歌（四首）

海平线

海上有水母，天上，有水母一样的云
星星落进海里，就成了海星
海边有洁净而缓慢的贝壳，天边有同样洁净而缓慢的月亮
只有海边的我，在天上找不到对应的事物

在银色的沙滩上

又想你了。想你赤着脚，提着裙子，向我跑来
我会举起你，让你高于月亮
我会把你扔进海里。岛，像鲸鱼一样，慌不择路
太平洋沿岸，将发生一场海啸

在雨里独坐

闪电蛇行，雷声狮吼，大海，惶恐不安
注视和祈祷一样，是有力量的
在我的注视下，那只瘦骨嶙峋的海鸬鹚，放慢了速度
在我的注视下，大海，渐渐平息

鱼

我是属鱼的，骨头里一直有刺
和石头玩，和水玩
用自己和自己打赌，我相信
那条渔船会来接我，就像相信秋天会来接走夏天

伊斯坦布尔往事

一种类似消化液的强酸，将沙特记者溶成了液体
他的骨头、肝胆、知道的秘密和承受的痛苦
同人们的粪便一起，从伊斯坦布尔的下水道，排入黑海

秘密会沉入海底；骨头和肝胆，会被鱼吃掉
痛苦，鱼不吃，会随着海水，慢慢地向全世界扩散

故乡歌

山，像一只威猛雄壮的羊，怎么拼命，也走不动
羊肠小道，一头隐入乱石，一头拖着村庄

看过鬣狗掏肛的视频，没看完，却一生也忘不了
五六户冒着炊烟的人家，像冒着热气的脏器一样，散了一地

苦竹河小调

船篷里的咳嗽，会激起涟漪
有阵咳嗽，鸡叫一样，高亢而纠结
整个水面，都乱了
咳嗽换成了呼噜
水，恢复了平静

春风辞

快递员老王，突然，被寄回了老家
老婆把他平放在床上，一层一层地拆

坟地里，蕨菜纷纷松开了拳头
春风，像一条巨大的舌头，舔舐着人间

企鹅（二首）

星 空

脚掌上的蛋，沾地就坏
零下六十度的冰原上，企鹅爸爸一站就是一冬
潮声已经冻结，岩石已经开裂
三个月的长夜啊，唯有妻子值得等待
唯有星空不可或缺

暖 雪

不知是为了骗自己，还是为了骗妻子
宝宝走失后，企鹅爸爸在育儿袋里，放了一团雪
在零下五十多度的寒风中，小心呵护
企鹅妈妈捕鱼回来的日子，越来越近
别人的宝宝在一天天长大，他的，在一天天缩小

烟花辞

火药是种药，辟瘟、疗伤。吃了火药的我，开口就有硝烟

不敢在人多处久坐，不敢在寒夜里向火
吃了火药的我，经常独自去水边看水

我会燃烧，如果谁关掉子夜的星空，如果谁递来隔水的目光

恐惧辞

不敢在黑龙湾游泳，那里的水绿得有点邪
总怀疑里面，盘着一条巨蛇

自从听了父亲吃人天坑的故事
那条七十多米长的蛇，始终在阴森处潜伏着

而且，还在生长

羊峰的稻子熟了没有

稻田里有很多眼，不确定，哪是黄鳝，哪是水蛇
只确定，每根发光的田埂，都通往一个家

出于对稻子的热爱，经常吃三碗饭
出于对稻子的尊重，会把饭粒捡起来，喂进嘴里

李四的凉粉车好几天没来，希望是羊峰的稻子熟了

废墟谣

所有的铁锁都在生锈，所有的粉刷都在剥落
所有的围墙，都在等待倒塌
于是，我把这些繁华，命名为废墟

关于塔克拉玛干沙漠的回忆

拍胡杨，把大半瓶矿泉水，忘在沙丘上了
渴水的沙和渴望自由的水，隔着塑料
像探监的丈夫，隔着防弹玻璃
据说，塑料在沙漠里完全降解，要一万年
回去取，起伏无边的沙海里，再也找不到原来的沙丘了

酿酒的女人

橡木桶，能贮四季。两个月，水即生香
石榴酒，枫木炭，一小杯，女人就软了
风推开门，吱嘎，有蛛丝断裂
冰凌两尺多长，雪三尺多深，天地呈石榴红

隐居（二首）

一

每一天，都当成自己的末日
迟一些睡，早一些起
默默地辛苦，默默地珍惜，默默地整理
每周都去收发室看一看
每一次深夜的醒来，都想痛哭流涕

二

枯坐，写字，煮小粒咖啡
一天不下一次楼，一天不说一句话
窗外，黑云很低，仿佛有雨的样子
有点同情老天爷了，每天都得面对满目疮痍的人间

玻璃谣

跺脚，比画，大声地喊，他们认为你在跳舞
你和他们，隔着一层钢玻璃

只有一个人停下了，她看到了你在玻璃上哈气
你在玻璃上用手指写诗

你送的玻璃，她至今认为是钻石

唐子烟墓

不喜欢人多，没有选择公墓
碑上的字，是刻给他们看的
粉红的野棉，才是我要跟你说的话
来的时候，带把伞
你转身后，会有一场无边无际的雨

内蒙古行（三首）

巴彦诺日公苏木小镇

“天上没有鸟，地上没有草。三年一场雨，风吹石头跑”
等车的时候，我默默记诵着当地的民谣
这么长的一个镇名，却只有很短的一条街
而只有一米六三的我，却有一个好几丈长的影子

乌兰察布的春

初春，到乌兰察布就成了深秋
经霜的枯枝，像散落在荒野上的白骨
星光，有毒。喜鹊喊出了乌鸦的嘶哑
月光，有剧毒。沙地上
和衣而睡的男子，一觉醒来，老了十岁

克什克腾的风

一千公里长的阴山，终将被风，锉成一粒粒细沙
十九岁的牧羊姑娘，也一样
“天上没有不散的云啊，地上没有不老的人”
我轻轻地唱
那么多的风，把天空吹得又轻又薄，把人世，吹得如此冰凉

远

从枯木中取出自己的火，从坚冰里煮出自己的水
小半天隔着冰面，与一只火狐相望

小半天，用来羡慕那匹马，驮两麻袋面粉
被一个好看的女人牵着，翻过了白雪皑皑的山冈

万物生

杨树们，挥舞小臂一样的枝条，轻轻作别
舍不得啊，大地太重，生命太轻，众生太美
舍不得啊，这辽阔的野风，风里的阳光，阳光里灌浆的稻穗
你的微笑，加重了我的悲伤

台州（二首）

在头门港

大地浮起来了，天空浮起来了，几万吨的铁，浮起来了
只有那条两寸长的黄花鱼，沉了下去

码头是新的，跨海大桥是新的，三台吊车是新的
只有黄昏如此陈旧。看海人的脸上，落了一层夕阳的锈

在涌泉镇

“聚皆消散，合终离别。高必堕落，命咸归死”
延恩寺里，念经的中年男声，如群狮的低吼

剥开涌泉蜜橘，有微红的阳光粘在手上
世间的辛与苦，需要这漫山遍野高糖分的事物，来中和

我们一起去看稻子吧

他们去看博物馆和开发区，我们去看稻子吧

河流在村庄外交合
风牵着苞谷，苞谷怀抱着三个孩子
所有的路，都适合私奔

我像老农民一样注视着你，你像稻子一样垂下头去

北 方

大风往南，我们往北；大雁往南，我们往北
大雪往南，我们往北；大时代往南，我们往北

草，越走越黄，马，越走越瘦，话，越走越少
锡林郭勒，科尔沁，兴安岭，呼伦贝尔，额尔古纳

我们抵达的北方，几百万亩的星空，不掺杂一粒灯火

烟雨谣

烟雨是有重量的。船，吃水很深
天空，吃水也很深

烟雨太重，白鹭飞不起了
落在船顶上歇脚

本来去凤栖寨捕鱼的它，往吴家寨赶场去了

喜爱的事物自带光芒

每次上山，都不会落空
枯枝败叶中，枞菌自有一种暗亚的光

手机没有电了，你才发现
田埂，散发着淡淡的月光

人山人海的火车站，你一眼就看到了她

仇恨辞

公牛，带着积攒多年的仇恨，冲向母狮

母狮轻轻一跃，吊上公牛的脖子
狮嘴对着牛嘴，深深一吻
在晚霞里，持续了很久、很久

第二天，仇恨被一头小狮子吮吸出来，洁白而甜蜜

在澜沧江大峡谷

应该唱首歌，向蹲守了万年的岩石致敬
向月亮致敬，这么荒凉，也不怕浪费了月光

如同秋蝉，声嘶力竭地唱《老鹰之歌》
溜索微颤如弦，大江澎湃如鼓

第三遍还没唱完，有石头跳下来，投江自尽

北门冲（五首）

夏 夜

星群慢慢向树冠移动，有星星钻进了核桃
北门冲如果是一个女人的话
应该姓萧，三十二岁，正在哺乳期
水流在黑暗里，像个婴儿，咂着奶头

在二姐家的阶沿上独坐

狗往前挣，铁链也往前挣，狗叫，铁链也叫
狗安静了，铁链也伏了下来
兔子们学着那些亲人，钻进了土里，不再出来
和我一样蜷缩于人间的，还有瓦后的云和地里的卷心菜

看母亲种菜

她依然会跟菜说老掉牙的话
菜，回她以新的叶片和花朵
四十年了，她种的黄瓜依然麻口
她浇的粪依然是香的

向阳坡

妻子拣胖的摘，递给母亲
母亲把豇豆扎成一束，扔进背篼里
两个我亏欠最多的女人
站在一起，大地是倾斜的

鸡笼前

失去了父亲之后，母亲把心思都放在菜园里
失去菜园后，母亲每天去看阳戏
因为疫情，阳戏不演了，便待在家里
昨天回家，目不识丁的她，正坐在鸡笼前
翻看我的诗集

田园交响曲（七首）

竹园坡的银杏

天暗下来，银杏更亮了，路灯一样，沿路都是
那棵千年老树是村里的灯塔，叶子一层一层落
青瓦变成了金色的琉璃瓦，院子变成了金銮宝殿
卧在树下的水牛，一觉醒来，成了黄牛

清水坪的雨

一个人挑秧，一个人丢，一个人拉线，一个人插
缓慢，工整，像在写信。停下摩托，看她插
水田插满了，才继续赶路。不知道她的名字
春雨，这张无边无际的网，将我们网在了一起

在养殖户老梁家听蛙有感

蝌蚪变成了青蛙，两口之家，变得比中心完小还吵
要是我的养殖场，我还会养萤火虫
想想就有意思，用玻璃瓶装起
天一黑就去城里，在跳广场舞的地方，摆地摊，卖光

从乌宿村到岩头寨

渡船有绳子，轻轻拉，满载村舍的岸，就过来了
再拉，枫香树和摩托车，就过来了
在张福菊家借宿，开关线从门口牵到床头
一拉，有月光破窗而入，再拉，床上盛开牡丹无数

在二家河某农家观棋

都说世事如棋，我看一点也不像，现实中
谁会让你别腿马前进一步？让你过河卒后退一步？
谁会让你后悔三十多次？
爷爷说："马要被我吃了，允许你再后悔一次。"
孙女说："我故意的，我讨厌那只酒瓶盖，很久了。"

宿人潮溪镇

街道很陡，叮叮咚咚，还响个不停。水里的星星
仿佛都是顺着陡街，从天上滚下来的
人潮溪的夜很短，还没梦到什么，鸡就叫了
人潮溪的夜太短，以至于几颗星星，跑进了大白天里

茶峒的男孩与柚子

小男孩摘下柚子，也不吃，当球踢
累了，抱着柚子，爬上吊床
斑驳的阳光，将男孩变成了一只熟睡的小花豹
将柚子，变成了斑驳的足球

雨　歌

冒着瓢泼大雨，提着花洒，给木槿花浇水
我表情肃穆，一丝不苟

老天爷表情肃穆，一丝不苟
给卵石浇水，给旗杆浇水，给树桩浇水，给水浇水

给浇水的人，浇水

苜蓿花

青菜上有青虫，捉下来，准备喂鸡
你坚持放生，说那是要长翅膀的蝶
不跟你争论
你是个真理的化身，你系着蓝底苜蓿小印花的围裙

青藏高原

喇嘛们做早课，做晚祷，隔三岔五地辩经
枯死多年的榆蜡树，因此长出了木耳

钟鸣安抚群山
落日赶在夜幕降临之前，给大地披上紫红的袈裟

睡前书

左臂一伸，她的头便枕了过来
十六年了，已经非常默契
如同猪油罐放回了橱柜，诸神归位，万物各得其所
如同猛洞河到了王村渡口，不起一点水花

永顺城

几十年来，这里就只有我一个人
一个人买卖，一个人劝酒，一个人摇头，一个人看戏
一个人冷笑，一个人叹息，一个人挤公交，一个人排队挂号
一个人在人潮人海中找人

采春笋的三个注意事项

小心攀缘，青的可能是竹叶，也可能是竹叶青

小心落脚，竹，是笋的母亲
常有断竹，刺透采笋人的鞋底

生气的人，要当晚安慰，剥出的笋，要当晚煮熟
否则，会在一夜之间老去

堆雪人

他们把地上的雪堆成了女孩的样子
让她拥有了眼睛和纯真的笑
还给她戴上粉红的尖顶棉帽
晚上，又把她一个人丢弃在狂风怒号的黑松林里

独居谣

还是大一些好
鱼大一些，可以几天不做菜
窗子大一些，装的山就多一些
雨大一些，会把整个世界变成一件乐器
床大一些，可以放更多的书

石头谣

捂住腹部，蠕动的，医生说是结石，你怀疑是舍利子

塑料时代，你也在怀疑石头
怀疑只会有石头，倒下去，铺在路上
不会再有石头站出来，成为碑

你跪下的冈仁波齐圣山，是座六千六百五十六米高的碑

晨 曲

想到这世界的人和事，就不想起床

石头本来是躺在山里的
雕成英雄后，每天必须
衣冠楚楚地站在小区中央

想起梦里的人和事，上了卫生间，回来又睡

油菜花开的时候在爷爷坟前远眺

十万坪陷下去了
这么繁重的花
大地有点承受不起

长江歌

背水的母亲，走在最前面，背水的女儿走在中间
小儿子，提着两个水瓶掉在最后

女儿觉得不够，建议再背一回
母亲同意，弟弟开始反对，后来还是同意了

过几天，四川与重庆地区的洪灾，将因此有所缓解

慢歌（二首）

一

我骑摩托很慢，拖河沙的大货车都可以超过我
但我比巴青河快
巴青河快于朝圣者，朝圣者快过青藏高原
青藏高原每年只移动两公分，向着天空的方向

二

拖河沙的大货车是快的，三步一叩的朝圣者是慢的
朝圣者向大货车消失的方向，合十，叩拜

有些快，是没有办法的
折刀河的水，走慢一点，就会被冻住

塔里木的水，走慢一点，就会被蒸发
基湖的山笋，长慢一点，就会被孩子们采回家去

我侧身让开，祝福这个鸣着喇叭、扬长而去的时代

深山谣

高山、深壑和古木，都无法阻挡强壮的穿透力极强的水泥路
从遥远的都市，钻进这个静美的山谷

几年后，水泥路却败给了青苔、桐花和松针
又变回了软泥路

没有撤走的水泥砖收票处，已被葛藤五花大绑，门都推不开了

熄灯号

号手似乎在怀念什么人，反复了三遍
最后一遍，没忍住，铜号，吹出了唢呐的嘶哑

风也在吹，峡谷是另一支铜号
整个小镇，只有我的篝火和昆仑山的月亮，没有熄

乌宿歌

一

沈从文的九妹，跟着检瓦的瓦匠，私奔到一条船上
乌宿人说，她经常发病，这个身着旗袍的女子
在讨价还价的集市上，有时唱经文，有时唱英文
瓦匠偶尔也会打她，船上不能跑，只能哭
他们说，有时会哭到半夜，又像唱经文，又像唱英文

二

和九妹一样，表姐春梅，跟着戏班，私奔到乌宿
去年在舅妈的葬礼上，才见到她
缠着她唱阳戏，一段又一段，高腔假嗓
让我一再想到，百转千回的酉水和她的姐姐春桃

大眼睛的春桃姐，别选择老鼠药，选择私奔，该多好

三

这岸，那么多的青砖碧瓦，不知哪一家，住着春梅姐
对岸，那么多的坟，不知哪一座，埋着九妹

每次路过乌宿，都要停下来，看看酉水
慌张的酉水，再过一会儿，就要跟沅江私奔了

有时会看很久——对于私奔，你不需要追赶，只需要祝福

哦，湘西（七首）

芭 蕉

每个黄昏，穿满襟衣的母亲，会站成第四棵芭蕉
反复地呼唤，往往开骂了，我才应
有时在麻山，有时在巴那河，有时在椿树田，有时在幺妹家
像剥开芭蕉叶的粑粑，那时，每个黄昏，都是糯的

吃 酒

总盼着去吃酒，走多远都不怕，死人的酒也不怕
有好吃的，有戏看，还可以捡到爆竹
唢呐贴着秧浪过来，恨不得把田埂拉直
一只秧鸡蹿出来，吓了我一跳，也吓了它一跳
那时，人情不值钱，经常只送两升米、三升黄豆、五升苞谷

山茶树

手指般的树杈，可以做弹弓，粗的，可以削陀螺
茶泡，是上天赐给穷孩子的水果
茶籽不能吃，最没有用，留给大人榨油

山茶叶不能泡茶，却可以当钱，买幺妹用花草做的饭菜
有时，她还会找我钱。那钱，是小一点的山茶叶

和辣子

受了气，父亲会忍，母亲则会站在芭蕉树边骂
隐隐的回声，仿佛群山在和她对骂。下田也骂

背时的蜢子，天收的卷叶虫，砍脑壳的雨，偷野老公的牛
脏话和肥料一样，她骂过的秧，长势比别家都好

母亲说

不会像哑巴老三那样，把手指当棒棒糖吸
我五岁都能吃到母亲的奶
不会像其他孩子那样，指着哑巴老三笑
母亲说过，月亮、菩萨和村口的哑巴老三，是不能指的

躲猫儿

大姐总是赢，有一次，找哭了我都找不到
她却躲在草树里睡着了
这回，她又赢了，找了十多年，找到中缅边境，也没找到

姐

她在煮雪和洋芋，我用火钳敲屋檐上的冰凌
将一根，放进了她的后衣领

一生中，有些事，是我没有办法做到的
比如说，找到或者忘记她；比如说，把铁环开过草籽田的田埂

第二辑　欢喜

你的脸颊，亦有陡峭之美

七 行

以太行山脉开头，阴山山脉
贺兰山脉，祁连山脉，天山山脉，昆仑山脉
以冈底斯山脉的冈仁波齐圣山结尾
共七行

贺兰山脉最短，昆仑山脉最长
塔克拉玛干沙漠，是三十三万平方公里的留白

昆仑和天山之间，累极的行者，和衣而卧
因此多出一行

买盐记

走出门，想了想
返身回去
把煮冬瓜的火关了
超市隔着两条街
对于回来
我没有绝对的信心

悬崖歌

多少年了，悬崖始终没有退让

只有胆小的岩羊，认为悬崖是最安全的
只有对面的悬崖，理解悬崖

望着人潮人海的深渊，我是座一米六三的悬崖

你的脸颊
亦有陡峭之美

读云记

常建世翻过苦姜坡
跟着一朵肥胖的大云走了
云，撞上了苍山
发出了轰隆隆的巨响
我觉得应该下暴雨了
常建世发来微信
——这边的索玛花开得满山满岭

如果那些云是绵羊就好

云，如果是绵羊就好
我会把多余的云，往西北赶

云，迈着雨脚，离开江南
沿着河西走廊，赶进沙漠，圈起来

两年后，会出现一个叫塔克拉玛干的淡水湖
三十三万平方公里

摇杠杆压水机的少女
需要重新学习摇橹的技艺

黄河颂

源头的庙里，只有一个喇嘛
每次捡牛粪，都会搂起袈裟，赤脚蹚过黄河

低头饮水的牦牛
角，一致指向巴颜喀拉雪山

星宿海的藏女，有时，会舀起鱼，有时，会舀起一些星星
鱼倒回水里，星星装进木桶，背回帐篷

巴音布鲁克草原的牧歌

挤完牛奶，挤羊奶，挤完羊奶，挤马奶
挤完马奶后，又挤你的奶
生活中，那么多洁白而有营养的事物

那些雪山，每天醒来，都在窗口重复着
那些洁白而富有营养的情话，每晚都在枕边重复着
日复一日，年复一年

赞美诗

石块飞去，白鹭飞去，白鹭的轨迹
更高，更远，更久，更美

蝮蛇和麻鸭，同一天在同一条河流
生出了同样椭圆形的蛋

风筝近了，竟然是一只真正的鹰
突然对天空恢复了信心

愿所有的故事，都像蝌蚪一样，有一个漂亮的尾巴

武陵山中的小木屋

火坑是木屋的心脏，火升起来，心就跳起来
想人不来，响水不开

“下雨了——”她轻轻地叫了一声，起来，开门
“啊——”门也轻轻地叫了一声

万物都发出了声音，她觉得还不够
把木桶、塑料桶、瓷盆、铝盆和陶罐，都搬到了屋檐下

小麦歌

想念小麦了，想念麦浪推动的云朵和天山
想念麦浪淹没的小路和裙裾

总是这样，在湘西，想念倔强的小麦
在大西北，又想念谦卑的水稻

在西水岸，想念荒凉和高寒
在阿尔金山上，又会想念老家的渡口和渡船

想念，像水和食物一样，滋养着我的生命

纸　歌

纸上有深雪，一千多平方公里
每一步，都须小心，纸上有悬崖，有十面埋伏
字，是留给追捕者的足迹

夜，越黑，纸，越白
凌晨两点，纸会发出月光

凌晨四点，纸会变成一面镜子，照出你的苍老和羞愧

白云歌

不害怕雷电，我害怕静静的天
不喜欢殿堂，我喜欢青草、白雪与荒原

季节梳理人间的秩序
死亡让生命如此壮丽

爱自由，爱自然，爱水风流动的衣裙
不爱的人，我赠她以黄金，爱的人，我赠她以白云

英　雄

西西弗斯，推着石头，反复地推
无休无止地推

屎壳郎，一生都要推粪球
要到顶了，又滚了下去
同时滚下去的，还有黄土高原的落日

五十七岁的秦大娘，每天推着儿子，去朝阳医院

招魂歌

把弓还给琴，把火药还给烟花
把刀还给鞘，把手还给手，把儿子还给妈妈

把鹰还给天，把花还给树枝
把魔鬼还给地狱，把诸神还给人世
把丈夫还给妻子

把肉还给白骨，把魂还给肉身，把父亲还给女儿

牦牛颂（四首）

其一

牦牛群走过镇政府，从容而淡定
走过银行，从容而淡定
走过卖风干牦牛肉的小卖部，也是那么从容而淡定
青藏高原刚好下过雪
牦牛们那么黑，那么有方向感
它们走进牧场，就像一些诚实而沉重的字
走进一张纯白的纸

其二

牦牛缓缓地走在马路中央
从容而淡定
按喇叭也不避让
它们低着头，向前面的司机
展示着弯刀一样的角
它们甩动着尾巴，向后面的司机
展示着高耸结实的臀
有一头甩动幅度还很大
展示着一对拳头大的睾丸

其三

见过一头老牦牛，停在 216 国道中央
白毛垂地，背脊下陷，肩胛高耸，像座威严的雪山
一队满载武器的军用卡车，缓缓停了下来

还见过三头牦牛，依次从夏岗江雪山上下来
往石头垒的、垮了两处的牛圈走
方向和落日，完全一致；速度和落日，也完全一致

其 四

牛皮帐篷里，女人将牛粪撒出炉子
用淡去的炊烟告诉远山，牛奶和牛肉已经备好

牦牛们引领着男人，缓缓归来
这些高原上的神灵，鼻孔里都没有绳子

出云南记

不管云来云去，云少云多，云白云黑
天，始终平静

坐在风中，端详众生
梅里雪山一样
我拒绝融化，拒绝征服，拒绝开满山的花

等你想起来，我已掉头而去，金沙江一样
二十七座水电站都锁不住

蚯蚓歌

如果有一天，你不得不软下来
我愿你是一条蚯蚓
如果一定要把长江比成什么
它像一条蚯蚓，断成了那么多截，依然活着

清澈而平静的水里
蚯蚓总在挣扎扭曲
都以为它在跳舞，没有一条鱼愿意相信
它体内有带刺的问号

北京夜雨

脱掉凉鞋，久旱的庄稼一样，接受灌溉
秋水刚长出乳牙，吮吸着脚趾

公交站台，躲雨的人挨得很近
伞下的恋人，挨得更近

喜欢奥迪车经过我时，微小的减速
喜欢兆龙饭店七楼亮灯的窗子，像一种含泪的注视

宿澜沧江

梦里失去了孩子，惊出一身冷汗
把澜沧江，听成了北京东三环的车流
打开窗户，满天星斗

仿佛星星，走下了星空
打手电筒的人，急匆匆地走下山顶

希望他找的不是医生，而是情人
希望我和我的儿子，都有一个美好的前程

王永泉

三年来，王永泉每周进两次城，给周立萍做透析
摩托车越来越旧，周立萍越来越瘦

病友批评他，别让母亲坐摩托了
日晒雨淋，一大把年纪了，谁受得了

他说，没办法，要赶回去烤烟，又没班车
他压低了声音，又说，她是我的老婆，不是母亲

寂　静

一声不应，两声不应，叫三声，也不应
与父亲、爷爷、三叔一样
二叔完全聋了，满城爆竹，他在看书

我也会聋的，多年以后路过我的院落
一定要拍一拍我的肩
拍重一点，轻了，我会以为是落下来的梨花

张家界学院的夜

医生朋友警告，有病人二十九岁，脑梗死了，因为熬夜
我相信夜，胜过医生和朋友

四更，保安在岗亭里，打起了鼾
胆小的事物，趁机发光，发不了光的，在发声

发不了声的樟树，发出了香
熬鹰一样，熬那只蚊子；熬鸦片一样，将黑夜熬成黑字

西溪村的黄昏

胭脂花准时开了
七只白鹅，从河里上来，整齐地向杨家走去
板栗树下，老人们各自回家吃饭
二十六岁的胡三宝还站那里，含着手指，怯怯地微笑
他的对面，青山含着夕阳

很多美丽的村庄
都有一条小河、一棵老树、一个胡三宝一样的痴人
他们都是大地上的神

藏羚羊

藏羚羊胆子很小，常被自己的影子吓跑
为了安全，怀孕的藏羚羊，每年会跋涉三百公里
到与世隔绝的卓乃湖产崽

在唐古拉山，遇到修路，不敢过
踌躇两天后，才越过工地，动物学家说
不是胆子变大了，而是肚子太痛了

但是在卓乃湖，有摄影师拍到，一只产完崽的藏羚羊
以耳为角，撞向一头青藏狼

枫香湾

和穿了鼻孔的水牛一样，船也很老实
稍一用力，就牵了过来

修了电站后，他卖了牛，买了船
掌犁一样掌橹，将酉水犁出了一道深深的沟

和水牛一样，船，也认识回家的路
和水牛一样，他把船，也拴在了青草肥美的枫香湾

德令哈的田野

手扶拖拉机，拖着小山似的草，摇摇晃晃
送去了天上

风，是一只宽大而柔软的手掌
不遗漏一株野麦

将膝盖上的瓢虫，放回田埂
起身，暮色像件棉质的衣衫，无声地滑落

土豆丝

儿子抱着篮球进来，说饿了
妻子抱怨他没有换拖鞋
在这间小出租屋里，她制定了很多法律
阳光刚好落在砧板上
我像个手艺精湛的金匠，锻打着细细的金条
那一刻，真想宽恕这个世界

大象穿过城市

才进入峨山市区，昆明就感到了震动
不要怕，我们不会要你们的城市，贫瘠而难看的城市

不管交警，不管红绿灯，不管电子眼
我们听妈妈的，妈妈听老祖母的
老祖母说，带我们去她老祖母的老家看看

看见没，这才是好的团体，弱小的始终在中央，不让掉队
这才是正确的速度，你们，每个人都超速了

华北平原的村落

华北平原的水，没有那么决绝的去意
岸边久坐的人，也不容易心生后悔
没有山冈，五里外的麦田上
打工归来的人，都看得清清楚楚
这是华北平原的另一个好处
足以让偷情的妻子，穿好衣服，理好头发

深圳谣

深圳，应该归还我的单车。二十五年前
我骑过去，只是想看看海

三百多块买的，半个月工资
永久牌载重单车，可以搭我的姐姐和她的背包

深圳，应该归还我的姐姐。那么多的姐姐，离开村子
一个也没有回来

农耕文明的爱情

天山下，看他们把绳子套在牛角上，重达千斤
牧民两口子都拉不动
在我们老家，穿过牛鼻孔
绳子最多四两，三岁小孩，一牵就走

我们老家有头公牛，为了找邻村的母牛
不惜让棕绳，锯开了鼻子
这只为了爱情而放弃鼻子的牛，用不了了，只能宰了卖肉
有的是白送——农耕时代，人们都不兴吃牛肉

审判者

一个是胆小多疑的穿山甲，一个是浑身敌意的刺猬
一个在打圈敬酒，一个放下筷子，悄悄离去

一个跟同室的女人，大谈生命与艺术的关系
一个躲在卫生间里，与自己发生关系

一个在办公室里修行，一个在出租屋里服刑
一个每晚给自己送饭，一个每晚审判、囚禁并拷问送饭的自己

渔父辞

其 一

撑着一条竹篷船，就可以离开坚硬的岸
鱼换到的钱，和鱼一样干净

星星好，看星星；云好，看云
面壁一样，面对天空

不怕雨，七年的花雕和三十年的回忆，足以对抗
全世界的敲打与摇晃

其 二

不会阻止小姑娘，掉进水里，我保证她安全

咚，咚，咚，李子落水，像弹琴
我捞的，比她摘的多

贪婪的姑娘，又去摘槐花，雪一样的槐花，落得满船满河
雪一样的槐花，引出了更贪婪的鱼

其 三

有一天，打来的鳜鱼一条也不卖，多高的价钱也不卖
船摇到场上，买一束茉莉，多高的价钱都买

会把舱帘放下，把船撑到水中央
远远地离开人群

只是，一阵阵的波浪，会把你到来的消息，传遍两岸

神　话

神答应他不死，所有疾病、事故，都不能加害
神也怕无赖——他一拜再拜，欣喜若狂

想去的地方，都走了五百次，已懒于出门
参加完第一万任妻子的葬礼，发誓不再结婚
参加完第十万个好友的葬礼，发誓不再结交
用各种方式自杀了一万多次后，发誓不再自杀
后来，不再说话，再后来，活成了一块石头

如今众神都死了，他还在人群中，无奈地活着

当我老了

不想一次次参加朋友的葬礼
不想被肉体囚禁在床上，而门外，海棠不停地落
不想看到你的乳房，像母亲一样，垂过肚脐
当我老了，让我像父亲一样，把所有的痛，两小时痛完
让儿媳来不及厌烦
让在云南打工的儿子，来不及赶回

牛车谣

牛是很好的出气筒，姚明春边骂边用竹条抽
母亲赶场，竟然不带他

几百斤的水牛奔跑起来，笨拙而滑稽
看起来很老，其实和姚明春一样，刚满九岁

在一片紫白的苜蓿草边，车突然停住了
老水牛听姚明春的，姚明春听副驾座上的妹妹的

我在王村的日子

走左边小路，穿过瀑布，听泥沙俱下的春水，作狮子吼

出来，看赶场的船和赶场的人，被春水一一送走
看水的舌头，吞吐岸的舌头

会坐很久，一条河流蕴藏的真理
往往多于一个时代

会坐到天黑，相比于遗弃落日，我更愿意接受落日的遗弃

万年堡

黄豆喝饱水后，比姐姐还肥
石磨只听母亲的话，小孩子怎么推也不动

端着热气腾腾的豆腐脑
送给劈柴的父亲
雪，准确地洒进搪瓷碗

人间像豆腐一样善良，天地像清理过后的石磨一样安静

洗脸记

不喜欢这张脸，贪官才有的松弛和庞大
根本不能反映内心的坚守

敷一捧热水，脸竟然笑了
除了皱纹，全是嘲讽

又敷一捧热水，洗去了冷笑
脸皮越来越薄，脸皮下的骷髅，则越来越清晰

怀念起长青春痘的日子来
那时所有的疼痛，都在脸上

太平洋

一部分精明的水，变成了雪，留在了高处
一部分强硬的水，变成了冰

一部分不可靠的水，被水库关着
一部分善良的水，升入天堂，变成了云

大多数的水，又苦又咸，在海洋里挣扎奔波
种植不开花的海藻，放牧不听话的鱼群，搬运低吼的钢铁

我的吉他

吉他和女人一样，轻轻一拨，就会呻吟
她们都有满月一样的臀
想起在昆明的城郊，那时，吉他还没有送人
单车斜倒在土埂上
和弦一串一串地落，芫荽花一丘一丘地白
我把女人搂过来，左手轻轻地按，右手轻轻地拨

小　院

女人晒出的床单，红得像旗帜
证明她占领了阳光

男人过来，给了她一场情人般的争吵
女人的脏话里，用了几个春意盎然的词
床单，更红了

傍晚，女人把床单收了。院子，便暗了下来

稻　草

秧，老了，就成了稻草
稻草搓成绳子，可以系住一些本已散去的事物

草绳弯在门口，女人惊出了一身冷汗
以为是蛇

那晚，月光极好，草绳在老槐上，突然有了生命
蛇一样，绞住了秦寡妇的脖子

采桑子

想告诉你，万物有照应，草木有恩泽
我爱这个世界，如同爱你
想告诉你，我愿意饲养那些卑微的生命

给你的桑叶上，蠕动着两条白虫
什么时候吐丝结茧，什么时候破茧为蝶？你很惊喜
想告诉你，这是我伤口上的蛆

游大昭寺

一个敲鼓唱经的喇嘛和一个沉默的诗人相遇了
大殿上，酥油灯的光芒逐渐强烈，栅栏逐渐消失

懂了吗？喇嘛歌颂着的就是诗人诅咒过的人间
懂了吗？那些诗歌串起来，挂在风中，就是经幡

没有人注意，留在殿里是一个身着袈裟的诗人
走上大巴的，是一个带着相机和微笑的苦行僧

洪家营的月亮

看不到门牌，不知是监狱，还是精神病院
有两丈高的围墙和拇指粗的钢筋

不知是病历，还是罪名，白纸写着黑字
举石砸天，挑沙填海。养狐成妖，磨砖成镜

穿过钢筋后，月光变得锈迹斑斑
月亮若是上天掷来的一枚硬币，我永远选择背面

驼 背

朋友说，你能不能挺起来
像没做过亏心事一样
我试过，可做不到
就像弓，无法拒绝弯曲
就像稻子到了秋天
无法阻止自己一点一点接近大地

老花铺

老花铺的夏天要用珍珠李、油桃、脆皮梨
这些富含糖分的词汇来比喻

苞谷苗像三千嫔妃，为农民夹道起舞
黄狗、儿子、父亲从红土路上依次远去

我打赤脚，是为了和大地保持肉体关系
我吹陶笛，是因为有炊烟比旗帜还要庄严地升起

阳 戏

阳戏的调子和湘西的柴刀一样
末端，有一个弯而尖的钩
状元郎还在唱，锣鼓还在响，三娘还在后台补妆
台下，已经没有一个人了
状元郎挥挥水袖，示意乐师们继续
定情物终将亮出来，沉冤终将得到昭雪

棕　熊

在辽阔的针叶林里，独来独往
喜欢毛茸茸的雨
喜欢飞鼠溪，喜欢游泳，喜欢蘑菇和鲑鱼
我克制住自己，不袭击人
大多数的时候，躲在树洞里
看鹅掌般的叶子，一片片落下。看猎人空手而还
看白雪，慢慢地埋没人间
我把爪印，深深地刻在树洞里

致

经常绕道，去柏树林里的墓地
以读碑的方式，看那些晴草
用写处方的方式，写诗
用熬药的火，取暖
死亡，将治好你我所有的病
在我们的身后，世界将不再有任何事情发生

大风歌

找袜子的时候，看到了口琴
铜，黄土高原一样，锈迹斑斑

琴声起，青海青；琴声落，黄河黄
流浪的少年，总带着铜质的口琴

含着铜，如吻别冰冷的唇
深夜的风，少年一样，翻过围墙，开始狂奔

大地，是一支重音口琴
春风吹，青苗青；秋风吹，黄豆黄

洋鸭儿

父亲不在了，母亲喜欢喂点鸡鸭
总不成气，叫她别喂了，又苦，又脏，又赔钱
不听劝，买了批洋鸭儿，又只剩了这一只

嫩黄的洋鸭儿在手心
像团瑟瑟发抖的火，随时会灭掉

姐姐说，母亲走到哪，洋鸭儿就跟到哪
去地里摘浆果，也跟
轰走了，又会赶上去，和我小时候一模一样

小夜曲

夜，足够深的时候，陈旧的事物会发光

雪，也深了
邻家的女人走上台阶
跺了跺脚

高跟鞋，跟墙角的吉他
产生了共鸣

愿深夜赶路的人，都能看到一扇橘黄的窗子

君不见

有人以石磨石，有人以铁打铁，有人以水洗水
有人以命依命

有人质问怒目金刚，有人跪求低眉菩萨
有人煮沙为馔，有人抟沙成塔

有人以头颅对雨，以头颅对墙，以头颅对痰
有人以赤脚走地毯，走完地毯走泥泞，走完泥泞又去了雪山

水　滴

水龙头坏了
北京的水滴，和白岩寺的一样
呈椭圆形

像一滴星光不溶于夜
像一滴水，不溶于生活的油腻

我终会离去
像一滴水
离开你的眼

孤独和寂寞都是病

孤独和寂寞都是病，但又明显的不同
寂寞，来得快去得快；孤独，是深入骨髓的癌

在繁花里，在人群中，在酒桌边
在倾诉后，得到缓解的，叫寂寞
在昆仑山上，在星空下，在风雪里，在沙尘暴里
在狂奔后，在痛哭后，在忏悔后
在死神面前，得到缓解的，叫孤独

全世界，至少有一两亿人，可以治好你的寂寞
只有一两个人，可以减轻你的孤独

湘　西

还想做个土匪
独霸这方山水

赋税不许进来
风光不许出去

早晨东山采薇
黄昏南山采菊

胡家幺妹英英
可做压寨夫人

河西走廊的长城

城墙变成了土垄，烽火台还在，五里一个
苦苦抵抗着荒芜

黄岩山上，烽火台
像个乳头，被咬掉了一半

过去的那个烽火台，缺得更多，像个小小的人
呆呆地坐在那里，放牧着满川的石头

走近了才看清
那真的是个人

银河颂

我们的银河系有两千亿恒星、一万亿行星
人均三十颗恒星、一百颗行星

如果分到户，我会得到
一百三十颗星辰。想想都开心

谁对我好，就送一颗行星
如果谁对我非常非常的好，就送一颗恒星

忽已晚

父亲挖坑，二姐丢种，大姐丢灰，母亲把土盖上
我呢，绑篾圈在竿头，绞上蛛网，粘蜻蜓
这个小恶魔，还在高粱林里，撞破了小青的好事
有段时间，看到麻山的云朵，就想起一瓣肥白的屁股

大姐和小青下落不明；父亲洋芋般埋入了大地
二姐在电话里说，母亲去网吧找小外甥了
她问，没考上高中怎么办，我说我也不知道
这个肥胖的中年人，在广场边买了朵棉花糖慢慢地吃

猛洞河秋末即景

翻了半天石头，小男孩得到了十多只螃蟹回家了
老女人得到了半斤九香虫，回家了
瘦了一半，猛洞河依然竭力满足每个人
打了十几网水之后，老渔夫收获了
两条活蹦乱跳的黄刺骨，回家了
只有钓鱼的男子，什么也没钓到
他牵着女儿，女儿牵着黄狗，黄狗领着一个狗儿
也回家了

观沧海

一头是十三个渔夫，一头是惊恐的太平洋
船掀起，又甩下，人跌倒，又爬起
麻绳，越拉越短
最后，输的是太平洋，她放弃了自己的鱼

整个下午都在东澳湾，听太平洋
这个更年期女人，以同样的节奏，倾吐着
那些没用的事物，泡沫、塑料瓶、旧轮胎、破船板
以及一颗金星

阴　影

给篱笆打桩时，趁机把影子钉在了地上
一生都想摆脱它

到无事溪边喝酒
不在乎，别人当成鬼

你喝多了，该回了
拍肩膀的，果然是影子

一手扶墙，一手扶我，像架着一个罪犯
这个影子不是我的，我的比这个黑，比这个壮

骑摩托从长沙回永顺记

有高铁不坐，有便车也不坐，就是要骑摩托
骑了十二小时，骑到凌晨四点

把摩托骑成了老马，把回乡骑成了出塞
把长株潭经济圈骑成了大漠，把雨骑成了雪
把老马骑成了骆驼，把自己骑成了苏武

在岩泊渡停下来加衣服，有只狗，叫出了狼的孤独

椅子谣

空椅子，代表等待和念想
凡·高画了两张，一张给自己
一张给高更

你可能不会知道
为什么，她会把短尾熊
放在那张摇椅上

你可能永远不会知道
摔门而去后
椅子在她面前摇了多久
才平静下来

大西南

二姐如同澜沧江，流经佛教地区后，开阔起来
她说卖保险，也是普度众生

我是怒江，拼命地抓着自己的溜索
一头是碧罗雪山的悬崖
一头是高黎贡山的教堂

大姐是金沙江
石鼓第一湾，是她向满头白雪的青藏高原
最后的回望

水井谣

像那口深井，抱着那点星空不放

水，微微地颤了一下，你知道
有人双膝已经着地
水又颤了一下
你知道，有人额头已经着地

水在不停地颤动，你知道，有负重的人，在连夜赶路

猎 歌

打猎的布须曼人，经常蹲下来，阅读大地
大地如同一张报纸，新闻都印上面

狼獾搬了新居，花豹找到了伴侣
角马家族又添了新成员
三个偷猎者去了灌木丛，脚印很新鲜

那些善良的偷猎者，总是把没用的象牙拿走
把珍贵的象肉全留下

蕉溪谣

我不累，但我停下来了——好人应该
向好山行注目礼

我不累，躺下来，是不想浪费
又宽又长的木椅

睡醒了，迟迟不走
是不想浪费了手指一样的风

我不脏，但我脱了衣服
游一游，洗一洗，是好人对好水应有的尊重

所有的混凝土都会开裂

有人把邓老师埋入混凝土操场，抹平
十六年后，裂开了

专家说，埋着切尔诺贝利核电站的
混凝土巨棺，一百年后，也将开裂

打开远光灯，骑着摩托车向着无人区狂奔的时候
感觉自己是一道裂缝

笛　颂

翅骨做成的鹰笛，适合牧羊人皴裂的嘴唇
狼听了，会远远地跑开

鹤笛吹落了芦花，芦笛吹落了白鹤
陶笛吹黄的山冈，又被竹笛吹绿了

周末，宋老师砍了根直标标的苦竹，准备做钓竿
后来做成了七支竹笛，一个学生一支

惊岁晚

柿子和猕猴桃在纸盒里对峙
捏一捏，柿子先软了

瓷罐装着满罐碎裂声，总有一天会释放出来
沙发完全理解中年男人的疲惫

半夜莫照镜
婆婆叮嘱过多次

我是找指甲剪时，不小心瞟到镜子的
镜里，赫然是父亲

观壶口瀑布后作

怒吼的次声波让人受不了，壶口瀑布的保安刚三十出头
头发就白了一小半

309 国道上，几百辆运煤卡车，灯光奔流
形成了另一条黄河。有辆打滑的卡车，在青铜沟
形成了另一个壶口瀑布

张二棍不说话的时候，像辆卡车停在面前，身上依然承受着
六十多吨的山西无烟煤

黄海谣

无牵无挂、无欲无求，便可以与整个黄海对峙
黄海退却了。弯腰，捡起一只只海蟹，扔还给黄海

看到海风发电机，才记起，几年前来过这里
那么多海鲜，那么多笑，竟然全忘了
对于你来说，遗忘只是扔掉一只海蟹
对于故人来说，则是一场没有葬礼的死亡

打电话过去，她很健谈，一点不像刚刚复活的样子

越西辞

这里的云很重，一座山冈都撑不住
不时有石头滚下来

这里的太阳很轻
一匹老马就可以驮起来
一个孩子就可以牵走它

这里的学生很少
一个教室都装不满

这里的星星很多，整个天空装不下

不二门

到了不二门，猛洞河，就静了下来
水底，有淹死的菩萨

那时，人们像对待
偷汉的女人一样，对待菩萨

到了观音岩，猛洞河就停了下来
悲欣交集——刻在岸上的字，也刻在水上

林芝五月桃花开

父亲坐在石头上，用手锤，敲木鱼一样敲
他说，每一锤都是有用的
二十分钟后，巨石像桃花一样裂开了

唠叨是有力量的，每一句都有
当第九次，她说想坐摩托车去西藏了
我告诉她，从今天起拼命锻炼，每天跑五个圈
十天过后出发

行吟者

横断山脉抱着四川盆地，祁连山脉抱着柴达木盆地
昆仑抱着塔里木盆地，天山抱着准噶尔盆地

伤痕累累的黄土高原，将黄河揽在怀里

抱着双臂，在黄沙梁子坐着
群星聚集在头顶

我信任背后的水泥电杆，如同信任一棵结满菩提子的菩提树

姐　姐

刘云帆总是一个人拿着手机，一言不发
从来没有伙伴打电话来

总是一个人面对嘲讽，不敢向我说
总是一个人骑单车去雨中，去梯子岩水库或者别处
又一个人回来，自己炒饭、洗衣
然后又一个人拿着手机，一言不发

没有姐姐，会少却三分之二以上的依赖、眷念和遥望

青海辞

一生中最美的我，遇上了最美的青海

我有体力、激情、坚定的方向和崭新的摩托车
青海有燕麦、菜花和刚洗过的天空

青海的路和我的方向，完全一致
我随着青海大地起伏盘旋

晚上九点了，我还舍不得投宿，青海的夕阳还舍不得落下

去凉灯村

像火焰，但不提供温暖，手一样摇，但无意于离别和拥抱
没有哪种花，像芭茅花一样，越旺，越荒凉

牛，越来越少，芭茅，越来越多
武陵山区，开成了白雪苍茫的昆仑山脉

再没有哪种花，会像芭茅花一样，越旺，越荒凉
直到江山镇，看见开在高楼上的烟花，点亮了无数的笑脸

为什么在大喜的日子
燃放这种大荒凉的花

羚羊走过的山冈

这里的农民都是花匠
种着大片大片的荞麦花、油菜花、洋芋花、蚕豆花
这里的寺庙，对着村庄

在这里，我空腹喝了两大杯青稞酒
倒在金黄的苏鲁梅朵中
上一次，离天这么近，还是在父亲的肩上

在这里，鹰，依然掌管着天空

焉支山油菜花歌

花海里，除了采蜜的蜂，还可能有偷蜜的熊
猎人达隆说，遇到熊，不能转身就跑
要面对着它，慢慢地退
棕熊害怕人脸，吃人，总先把脸撕碎

见过一瓢花蜜，晨曦里，琥珀一样透亮
丝绸一样，垂到瓷碟里的油饼上
就会明白为什么，养蜂人的女人像棕熊一样胖
女儿，像小棕熊一样胖

猛洞河

船滑过水，和指肚滑过皮肤一样
没有一点声音

常有女人，禁不起水的诱惑，洗完衣裳，洗自己
洗完自己，又洗水

常有女人，船到了跟前
才缩进透明的水里

一个八十岁女人的裸体，比三十岁女人的裸体
更加惊心动魄

酉水祭

一生不肯上岸的老李，去年终于上了
七十九的他，埋在对岸的杜家坡

老伴继承了他的船
也继承了他的孤独

一个人的孤独，比两个人的还重
不到一年，船舱已经破了，船尾开始漏了

孤独看起来非常重，她摇橹的身子，压得很低
像在给酉水磕头

苍凉辞

在黄河里游泳，青藏高原的苍凉，侵入肌肤
开口唱歌，长调的苍凉侵入肺腑

探望隐居沙漠的故人
眼神里的苍凉，是天山的雪

世俗苍凉如铁，生命苍凉如瓷
大西北，几百万平方公里的阳光，都无济于事

戈壁谣

电杆，学着胡杨的样子，屹立着不倒
一只白色的塑料袋，在电线上，旗帜一样
噼啪作响

一只塑料袋，学着赤狐，在戈壁滩上狂奔
另一只塑料袋，学着金雕，高高地，高高地，高高地
试图飞越乔戈里峰

在漾濞

向石头学习打坐
向岩壁上的蝙蝠学习，如何习惯颠倒的世界
向流水学习，让自己平静下来
又向彝族大哥，学习了善待土地和耕牛

想在屋前屋后，山上山下种麦子
种一垄小麦，种一垄燕麦，小麦磨面，燕麦酿酒
小麦黄时，燕麦还是青的
斑斓的后山，像我豢养的一只猛虎

街头看人模仿迈克尔·杰克逊

黑礼帽，白西装，黑皮鞋，白手套，一个黑白分明的人
想在街头复活，太空步，机械手，僵尸跳

一手护住私处，一手指向远处
一个被人谋杀的人，指认的，却是楼顶的星空

对于人间的表演和表演的人间，和槐树上的蝉，看法差不多
但你不敢那样撕心裂肺地喊

王村渡

成天坐在水边，像一个古渡对着另一个古渡
像一个病人对着另一个病人

我有病入膏肓的痴狂
我有命不久矣的恐慌

服药一样，吃故乡的油宵粑粑
绝症让我如此矫情，看到每一个日落，都想感恩

仿蒋捷听雨

少年听雨如念诗，有点押韵，有点抒情
仄仄平平仄仄平

中年听雨如念经
不生不灭，不减不增，不垢不净

晚年听雨在床上，一点一滴，一点一滴
滴入血管无声息

群　山

他们说，这里回声效果很好
试着喊了一声，竟然有五座山在答应

双手做喇叭状，我提高了音量
“我爱——你——”

群山也提高了音量
“我爱——你——”“我爱——你——”
“我爱——你——”“我爱——你——”“我爱——你——”

死神谣

在勐省，摩托向右并线，没看后视镜
死神在那一刹那，就化身为一辆高速长鸣的皮卡车

在盐井，贪看吊桥上背背篓的女人
死神在那时，化身为血色的澜沧江
在松水村，化身为一块头颅大小的落石，距我两尺

过了思茅，我想，再见到，一定说出我爱你
分心之际，我又化身为死神，碾爆了一只皮球般的青蛙

荒原狼

有些石头，因为吸收了太多的黑暗，慢慢成了煤
有些石头，吸饱了月光，成了和田玉
信赖人间的石头，孵出了一堆小石头
什么都不信的石头，孵出了蝎子
胆小的石头，缩成了一团
更胆小的石头，在风中，低低地呜咽
一双绿茵茵的狼眼，让满天的星斗，黯然失色

长江中下游平原

农民像什么，取决于他们的样子
也取决于田埂的形状

田埂是棋盘状的，扛着锄头的老农，像一个巡河车
田埂是网状的，看秧的女人，像个蜘蛛精

田埂是平行的，三个少年像分解和弦一样
从吉他弦上
依次跳下来

快乐谣

麻鸭不会数数。四只变成了三只，在快乐地叫
三只变成了两只，在快乐地叫
变成了一只，只能跟在那群大白鹅后面回家
还在快乐地叫。最后，被妻子做成了啤酒鸭

啤酒鸭很好吃，我归结为快乐
妻子快乐，厨艺才好，鸭子快乐，肉质才好
猪肉好吃，因为猪不想事，马肉不好吃，因为马会悲伤
骡子肉最不好吃，因为骡子最绝望

如果死在路上

唯一会来找我的，肯定是你
眼泪对塔克拉玛干沙漠，毫无意义
看啊，重型卡车碾过的塔里木河床，是我
注视你的天狼星，是我
隐居在沙漠里的蜥蜴，是我
你转过身时，用风雪拥抱你的北方
也是我

我喜欢粗糙的陶胜过精致的瓷

做一只陶罐真好，会被那个女人抱走
陶壁，吻合腰线

装一罐清水，在菜地边
白天浇苦瓜，晚上，养一只丰满的月亮

落雨的日子，她会把我抱进屋里，装紫薯酒
酒喝完了，我一直空在那里

邻居，会拿我来装她的骨灰

刀 歌

拔出来！仿佛一脚急刹，车，滑出了几米
——好刀！好刀
用报纸包好，夹在肋下，走出铁匠铺

鸡血垂入瓷碗，红头绳一样
揩血的时候，刀在报纸中，老鼠一样欢叫

那是一张晨报，上面有很多好消息

破阵子

四十年来起落，三千里地漂泊
月光照耀的地方，便是你的家我的国

一首诗，就是一道圣旨
一首词，就是一道软一些的圣旨

爱妃，把鸽子喂了，把笼子打开
月光艳丽，柿子转红

爱妃，去换换晚礼服，结婚的那套
等改完这首《破阵子》，我们出城投降

肖尔布拉克的寂静

阿吉把碱草编成辫子，喂给他的绵羊
当然，不编，羊也吃得很开心
但是他喜欢辫子
肖尔布拉克的姑娘，都留着辫子

不编草的时候，他会扔石头
反复地捡，反复地扔
有时候，会扔出很远，很远
也不为了击中什么，只是为了听到一些声响

沉默歌

鲇鱼像一个坚决不从的女人，扭来扭去

变成了两段还在扭，两段同时扭
有血的那头，在互相找
总也对不齐，总也合不拢，总也不作声

买盐回来，两段还在扭
有血的那头，还在互相找
总也对不齐，总也合不拢，总也不作声

两段深黑的沉默，偶尔碰在一起，也没有声响

喜马拉雅山下的集市

比牦牛商队先到的，是阿吉
比阿吉先到的，是雪；比雪先到的，喜马拉雅

牛皮帐篷里，阿吉带来了
半袋大麦、五颗土豆、四个蒜头

牛皮帐篷外，六十多万平方公里的羌塘草原
是世界最大的集市

玛旁雍错

趴下来，牦牛一样喝水
喇嘛说，喝一口玛旁雍错的水，可以看见前世
看见了，我的前世是一朵云
难怪，这一生，总也停不下来

喇嘛说，喝两口，可以看见来生
又看见了，来生，是座雪山
难怪啊，我那么迷恋高原的星光，那么担心尘世的烟火

万福山

他有很多名字，张振华、张教授、华哥、华郎、老公
有个名字，白天还不好意思叫
她只叫了一个字“你——”，泪就出来了
“你让我找得好苦啊”

她也有很多名字，陈小莲、阿莲、莲、小怜、小宝贝、女菩萨
每个名字她都喜欢，叫哪个，都会应
他躬下身去，双手合十：“女施主——”

盐 歌

“神啊，什么时候才能背完这沉重的水”
晒盐的女人下江底背卤水，一天往返五十回

木槽里，猎人将盐抹上刀刃
等麝鹿，把舌头舔没，等麝鹿，血尽倒地
又用盐，把肉腌好，等封山的雪融化

桃花盐煮的石头，可以下酒
牧羊人边喝酒，边将舔过的乳石，放回锅里
仿佛觉得不够软

在海南棋子湾沙滩有感

沙滩上少男将沙往少女身上泼；沙漠里埋着楼兰古国

沙滩上，少女穿着比基尼
沙漠井房里，五十多岁的男人守着十多岁的柴油机

沙滩上，少男吹着少女眼里的沙
沙漠里，站在高处遥望的老男人，眼里，全是沙

塔克拉玛干比棋子湾大多少，人间的悲苦就比幸福大多少

苗岭歌

路太陡，怕刹不住车，叫她步行
我骑摩托先到山下等

她走的山上，云雾缭绕
我等的山脚，细雨飘飘

她走的山上，油菜刚刚开花；我等的山脚
油菜已经结荚

将军令

铁钟，打成刀枪，熟铜菩萨，打成狼牙箭
妻妾奴婢，充作军粮
孤军苦战三月余，终得凯旋

及至故乡，遇一少年，纳头便拜
将军扶起："岂敢当此大礼？"

少年道，吾之父母，葬于将军之腹，清明已至
故此跪双亲之墓

小　满

每一头小猪，都有一条快乐的尾巴
每个插秧的女子
都有一个美丽的屁股

——小满来了！小满来了
人们纷纷直起腰

小满是幺妹的名字，乳房刚刚发育
提着一壶凉水
脸上满是汗水和骄傲

去图书馆一样去医院

去图书馆一样，经常去医院看看
你会明白，其实每个家庭，都危如累卵
每个人的体内，都安放着炸弹

像去图书馆一样，去医院
阅读生命，观摩死亡，倾听呻吟
练习沉默，练习排队等待，练习宽恕

练习推轮椅
练习坐轮椅

童　谣

是谁偷走了我的糖果
从此，生命中的苦，越来越多

是谁抢走了我的小妹
从此，再也没有人
一天到晚地来找我

是谁哄我睡的，叫也不叫我
一个个都走了，叫也不叫我

把故乡带走了
也不叫我

执炬者

“丢掉深爱、梦想和想帮的人，你将获得幸福”
连痛苦都不愿丢，我需要它证明活着

“爱欲于人，犹如执炬
逆风而行，必有烧手之患”，经书训诫

突然记起，看戏回家，走田埂，姐拿火把我抱稻草
抱草辛苦，跟她换，她总不肯

花 期

收短信：四月一日到四月七日
本公司成立三十周年大庆，恭请大驾
观礼，研讨，参观
包往返机票，有劳务费

回短信：刚好与花期冲突
七百五十树樱花，二百八十树海棠，一百八十树梨花
只我一个人看，实在忙不过来

烈日歌

别人以为在追逐太阳，其实是逃避光明
不敢停下摩托，怕中暑
遇到一辆货车，得到允许，可以在车下休息一会儿
蒙着头巾，躺在车轮后，像惨烈的车祸现场

见我睡得香，司机没有叫
两小时后，才醒
天空燃了，沙丘燃了，柴达木已经变成了惨烈的
无人救援的火灾现场

雪　歌

总以为，雪是安静的，特别是白雪
悄悄地来，悄悄地去，悄悄地改变黑夜
悄悄地洗涤人间

直到 2011 年初春，到了虎跳峡
满峡谷的涛声，都是青藏高原白雪的回响

横断山脉
因此断裂

武陵山小夜曲

几千万只蛐蛐在叫，蛐蛐也看不见，就觉得是灯在叫
墙壁在叫，门板在叫。打开门，青草也在叫

走出去，几千万只青蛙在叫
青蛙也看不见，就觉得泥土在叫，石头在叫
水在叫，水里的星星也在叫

有人叫你，你故意不答应，叫得越来越大
看不见人，就觉得整座山脉都在叫，整个世界都在慌

在洪家营独自煮牛肝菌佐酒

菌汤鲜嫩，让我念及了你的舌头
啤酒，让我再次念及了你的舌头
躺下，翻蒋捷词，雨滴有了韵脚
牛肝菌有很多种，其中四五种有剧毒
如果一梦不醒，最先发现的
当是半月后，来昆明看海鸥的你
每一只扑向你的绿头苍蝇，都是我

无事溪

晚上来了一阵雷雨，早上，悬崖上多了一条瀑布
下午，瀑布被收走了
种狗尾草的人，又晾出了一条吊带裙

不知为什么，别人种花种菜，她要种狗尾草
种狗尾草的人，有着悬崖般的沉默
那天无事，我赤脚蹚过溪水，狗尾草纷纷摇起了尾巴

逃 亡

队长很慎重。五个人足以解决老董的，他派了十三个
“其实，两个人就足以摆平了，他还带着半岁的婴儿呢！”

队长靠在树下等，兵器的碰撞声结束了
慢慢走出来的，竟是老董
“我们是两个人，你低估了她的力量”

老董身上，至少有八处刀伤，胸口的襁褓，却分毫未损
女婴吐舌头的样子，很像她母亲

宽恕辞

你们负责相聚，负责温暖，负责阳春与烈火
我负责离别的深秋，负责害怕和冷

你们负责咆哮，我负责祈祷
你们负责战争，我负责流泪
你们负责太阳，我负责月亮

你们负责切开和检查
我负责用酒精清洗伤口，负责缝合，负责自愈，负责道歉

我还负责认真地活着

第三辑　问

下辈子还当不当诗人

王村

过些年，我会回到王村的后山
种一厢辣椒、一厢浆果、一厢韭菜
喜欢土地的诚实，锄头的简单，四季的守信
累了，就去石崖上坐一坐
那里可以看到深青的西水

我会迎风流泪
有时候，是因为吃了生椒
有时候，是因为看久了落日
有一次，是因为看到你，提着拉杆箱
下了船，在码头上问路

雕　塑

雕塑家出了车祸
受害最深的
除了老年痴呆的母亲
还有那块大理石
作为一块石头，它已经不完整
但又没有完全变成一个勇士
于是，草坪上，总有一个人形的东西
在石头里挣扎

麻山谣

躺在草坡上，看着天空，半天不动
就像现在躺在床上看手机一样

那时候，天空还很古老
还没有那么多卫星、空间站、星系和黑洞
那时候孙悟空、哪吒、嫦娥、七仙女，都还活着
鹞鹰一个下午下凡好几次

那时候，时间还没有开始
一切以母亲叫喊为准
那时候不打手机，麻山就是扩音器

雅鲁藏布江歌

爱上了这条自在、野性而决绝的江
爱上了两岸的原始森林

哪天，城市容不下我
或者我容不下城市了
就来这里，不用赶集
每天吃江鱼、松茸、虫草和雪莲花
我喜欢孤独，胜过人群

每天对着雅鲁藏布江说话
对着石头说话
我会养一头小棕熊
每年金秋，我会翻三座雪山，赶一次集
我害怕孤独
胜过人群

怀念辞

沙丘弄成波浪形状，是大漠对水的怀念
走过塔克拉玛干后，你理解了水

波纹，是水对鱼的怀念
静止了千年的树，身体里也有
惊涛骇浪般的怀念

皱纹也是一种涟漪
你最大的痛苦，恰恰来源于你最擅长的怀念

走过无人区后
你理解了人世

小凉寺的钟声

一个人，一根杵，一口钟，一个音，一个节奏
比一支交响乐队还震撼

钟声落到山外，变成了余晖
落到水上，变成了涟漪
落到树上，变成了白鹭，久久盘旋
钟声落进了赶路人的胸口
被他带进了县城，带上了高铁

晚上，他突然扳醒枕边的人，说了三个字
她全身一震

顺从时间

左进右出，顺时针参观扎什伦布寺
从天葬台进，从宗堆出，顺时针转冈仁波齐
老太太顺时针摇着的转经筒

出现了高原反应，决定慢下来
我们顺从时间
时间顺从雅鲁藏布江

在浪卡子，我睡不着，高烧，呼吸困难
她很急，我说一切都会过去的
如同转冈仁波齐圣山，我顺时针地抚摸她的乳房

繁花歌

骑了整天摩托，没见到一只鸟、一只虫、一根草
风，是唯一的活物

八位女地质队员，在此迷失
半年后，尸体还很完整
没有东西吃她们，她们自己又不吃

陈国莲，陶丽芹，杨新梅，张淑兰，唐子烟
肖春桃，刘黛云，刘黛玉

她们都没留下姓名，这些是我安的
女人的名字带有花香，能让荒原看起来不再那么荒凉

农民颂

不下雨，担心；下雨了，也担心
雨太大，担心冲垮田埂
雨太久，又担心错过了扬花
小卖部里，打麻将打桌球的年轻人
是靠泥工手艺为生的
真正的农民，是肖二哥
扛着钉耙，戴着竹笠，在雨里看雨
眼神像诗人一样忧郁
他的秧苗、烟叶、苞谷、黄豆
甚至大白鹅
都是分行排列的

在昆仑山上的致辞

海拔五千五百六十六米，我站的地方
比所有的主席台都要高，请安静下来
我想说三点

一、别老想囚禁我，你们不是棺材
二、不需要那么大，那么多，那么新，那么快
你们需要的是忏悔、宽恕和审美
三、你们把手机显示屏，当成了苍天

被你们遗弃的苍天，被昆仑山苦苦支撑着
你们喝的水，是昆仑的泪

在海南霸王岭领奖台上的致辞

今天很开心。首先，从严冬突然到了盛夏
又可以穿我喜欢的拖鞋了

其次，喜欢这个奖杯。诗印在有机玻璃上
有了重量，也有了硬度。哪天再受欺负了
我可以用这首诗来还手

第三，喜欢这位黎族姑娘和她给我戴的胸花
传说落泪的地方，才长这种康乃馨
她很紧张，戴了很久。她的羞涩，是我心目中
比黄花梨和沉香还要珍贵的事物

最重要的，多灾多难的 2020 年，马上就要过去了
从来没有如此痛恨过时间

寻人启事

此生余下的事，就是印广告和贴广告
首先，要去向阳桥，那是我们初恋的地方
其次，要去老街，一根电杆一张
撕了又贴，反复地贴。我是在那里丢失她的
城墙上贴，城门上贴，金字塔上贴
卢浮宫里，蒙娜丽莎旁，要贴一张
她们的微笑，有相似之处
还要去青藏高原，一路走，一路贴
她说过，要和我转山转水，羚羊一样
远离人群，不考虑十个小时以后的事
丝质的那张，挂在念青唐古拉山口
风，会像传诵经幡一样，传诵她的美貌和名字

念青唐古拉山的歌谣

一

一天看不到一个人，背雪水时女人一定要唱歌
歌声里有青稞和牛羊，歌声里没有忧伤

一天看不到一朵云，背牛粪时女人一定要唱歌
人间没有了歌声，就像没有了寺庙一样荒凉

念青唐古拉山很高，歌声也必须很高
念青唐古拉山有三千里长，所以歌声到现在还在回响

二

走近一些，念青唐古拉山会站起来
再走近一些，青稞会为你返青，菜花会为你返黄

念青唐古拉山是个人名
你喊，她会答应

喊得足够大、足够久、足够真，她会发生雪崩

尖锐辞

作为一把刀子
我看谁都不爽，看什么
都觉得多余

只有她，像刀鞘一样
包容我的冰凉
“递刀的时候
要将把柄对着别人”

作为一把刀子
什么都想深入
什么都想挑破

只有她，像伤口一样
包容我的锋利

作为一把刀子
我随时都准备了断
但我的把柄
在别人的手上

楚 歌

楚虽三户，亡秦必楚，打湖南，要小心
对此警告，日本人不屑一顾，取燕山，过长城
如摧枯拉朽，况乎无险可守的鱼米之乡

常德会战，中方伤亡六万多，日方一万多
在衡阳，中方伤亡一点七万，日方六万多
在长沙，中方伤亡九万多，日方十一万多
在湘西，中方伤亡两万多，日方三万多
最终，日方于芷江，签城下之盟

清明，骑摩托环行常德、长沙、衡阳
在湘西，见一农妇，冒雨插秧，湿透了还在插
像一个老兵，没有接到撤退的命令
她直起腰，望了望黑云重重的天空，又继续插

铁 歌

铁的悲哀，莫过于挂在墙上，独自生锈
锈，是一种病

铁害怕柔软的事物，刀送进猪心的时候
王屠夫感到了铁的抽搐

铁，喜欢发出声音
唐铁匠一手拿小锤，一手用火钳翻动红铁
妻子洋芋一样壮，抡大锤
叮当叮当，整个胡家村都听得见

铁的本质
是种乐器

鹰　歌

鹰出现了，鱼群对天空，肃然起敬
鹰开始俯冲，湖水慌乱

狗鱼驮着鹰，乘风破浪
狗鱼，是水里的狼

狗鱼潜入了深水，鹰爪
紧扣鱼背，死死不放
水，静下来后，和天一样的蓝

望乡崖托着鹰巢，像个皱纹满面的老人
对着天空，举着空空的碗

幸存者

越年长越无知；越看书越无知；越行走越无知
无知到一定程度，就想求助于苍天

什么样的罪过，才会被剥夺希望
什么药，能治好健忘
为什么握着真理的先知，不肯松开拳头
为什么寻找真理的少年，还没有返乡

天空戴着灰白的口罩，沉默不语
人间是个大医院，有些病入膏肓的人，看不出
任何症状

喧嚣与沉默

疫情还没过去，又来了洪水；洪水还在警戒线上
又开始了大雨

有很多话，但只想跟造物主谈谈
我很糟糕，邋遢，矮胖，有鼻炎
说话做事，破绽百出
但我觉得，比造物主要强
何等糟糕的造物主，才会造出如此糟糕的世界

造物主沉默的时候，大雨，变成了大雪

马

看戏回来，有七八里田埂
旱田，种着草籽花；水田，装满了月光和蛙鸣

骑在父亲肩上，从不担心摔下去
仰头，翻腰
可以用手指做的枪，射麻山上，肥白的月亮

可以，在他肩上睡去
醒来
有时，是清晨；有时，是中午

这一次，是中年

春泥歌

大地软下来了，什么都可以穿透它
瓜秧、豆苗、草叶、竹笋、蛇

什么都可以在上面写诗
鸡爪、狗脚、鸭掌、牛蹄、猪蹄
不知名的鸟迹，大大小小的鞋印
有的潦草，有的工整，有的圆滑，有的深刻
一串赤脚，鱼群一样，上了田埂
跟着老农和他的水牛，游进了小溪

大地软下来了，青蛙跳起一米多高，都摔不痛

荒原歌

蚂蚁在一分钟后，长成了红岩大货车，呼啸而来
又会在一分钟后，缩成蚂蚁，钻进黄沙
一根白发，不到两小时，就长成了昆仑山脉
两小时后，昆仑山脉又缩成一根白发，被风吹走了

在茫崖沙漠，我变成了赤身的皇帝
二十公里的斜阳，是丝质的晚礼服
沙尘暴过后，又从皇帝溃败成了一个小男孩
找不到玩具，找不到钥匙，找不到姐姐，找不到父亲

还好，落日能承受泪眼，荒原能承受落日

高 歌

去高处。看一看，天空是否完好
需要到六千米的高处，看一看，鹰的去向
需要五千里的雪，冰镇我的焦虑

落日滚下昆仑，四野一片漆黑
继续走，就这样走，一个人走，一直走
一直走，一直走，一直走

慕士塔格，乔戈里，夏岗江
冈仁波齐，珠穆朗玛，罗波岗日，希夏邦马
每一座雪峰，都是人间的灯塔

桐油寨

总以为，绿河就是岩板溪、鸭笼溪的总和
后来，鸭笼溪断流了，绿河还叫绿河

总以为，桐油寨就是六户田家
两户张家、一户刘家的总和
如今，只剩了一户田家，依然叫桐油寨

那时候，还以为，我的家，就是我
加父亲加母亲加大姐加二姐的总和

桐油寨不产桐油了，桐树在山上，自己开花自己落
自己结果也自己落

冰雪颂

出于对冰雪的迷恋，有些灰熊
不顾深寒，来到了北极

与冰雪相处久了，这些来自灰色地带的熊
渐渐变得通体雪白

冰雪，融得越来越快，有一只熊
离开了北极，去寻找更坚强的冰和雪

游了一百公里，还在游，游了两百公里，还在游
游了三百公里，还在游，游了四百公里，还在游

在无边无际的蔚蓝中
有一块不肯融化的冰

雕花楼记

满园子的妻妾，一定有一个
让漂泊了半生的木匠，动了情
细节，才如此细腻

满园子的妻妾，一定有一个
对漂泊了半生的木匠，动了情
刀法，才如此深刻

木匠在时，把女人当成木头
木匠离去，女人变成了木头

女人将在木匠身上学到的手艺
用在了自己身上
将自己雕刻出皱纹
将自己镂空成白骨

捞河蚌记

人啊，坚硬的时候像河蚌，柔软的时候也像

猛洞河，两三米深，潜一次
捞了四个河蚌，她在岸上夸我厉害
换口气又潜下去，这次一手三个，一共六个
捞了大半蛇皮袋，她说够了就够了

天地打开的清晨像河蚌，天地合上的傍晚，更像

路远，总担心车坏
那是辆三手的摩托，八百块买的
没有后视镜，每次变换车道，都要她通报后面的情况
半路真坏了，打不着，叫她推，冲下坡
还好，一冲就叫了

火坑谣

腊肉割下来，烧着吃了，然后用炭灰抹在伤口上
秘密只有我和二姐知道

茶树蔸，肯燃
梧桐和柳树，尽是烟

火笑了，预示有客人在路上
不能跳火坑，这是母亲骂过多回的禁忌

父亲的膝上，放着收音机
母亲的膝上，放着我

都睡了，只有大姐不肯浪费那坑火
记得她从来不烧腊肉吃，可我记不得她穿什么衣服了

那时候，以为生活会一直这样下去

蜡烛谣

叫朋友的车，去殡葬用品店
他紧张地问：“谁没有了？”我说：“买点蜡烛”

最近用蜡烛多过电灯
烛光，刚好布满桌子，不浪费
胆小的事物，也不必现身

有时什么也不做，只是盯着蜡烛看
一点点缩短的蜡烛，像极了越来越少的生命

蜡烛也会紧张
没有风，也晃

在陈家坡独坐

每一棵树，都有性情和样子
那些认识的树，却不会像人一样，走过来
要你客套，要你赔笑

喜欢看山。一起爬过的山
不会像人一样散开，十多年了
等也等不到，找也找不到

目光是有重量的，本来要去远方的云
被你看成雨，落了下来

冷

这么大的雪
你们看不见
艳丽的血迹
被手掌大的雪花，轻轻地抹去了
雪原上，战士还在爬

剥了皮的山毛榉
有三分之二埋在雪里

这首诗还有三行
埋在雪里

苏小云语录（有润色）

放弃反抗后，强奸也会有快感
决定生下孩子。孩子不是证人
却是足以让他父亲坐牢的证据

离开老家，卖了首饰卖自己
认钱、认命的时候，卖身，也会有快感
有需要，来找我，熟人八折

刚刚，孩子掉了五粒饭，我扇了他五个耳光
与大雨无关，与例假无关
主要是那鼻子，越看越像他父亲

旗袍颂

提供光芒、温暖和希望，但灵魂不会像火那样熄灭
身体丢了，找警察，灵魂丢了，找巫师

灵魂要合适的肉体，作为外套
这件显然太黑、太短、太厚、太紧
灵魂剧烈挣扎的，是个胖子

河流需要船，镜子需要脸，万物需要灵魂
是她的肉体，赋予了青花旗袍，以光芒、温暖和希望

石头颂

在石崖下避雨，因为实在找不到屋檐

在石崖下睡着了，因为相信石头
不会为难一个相信石头的人

身负巨石，要不然背不会这么驼
胸怀巨石，要不然，口气不会这么硬

石头是慈悲的，要不然
人们不会找它做菩萨

要不然，那次破的，不会是两尺外的落石
而是那颗换了发型的头颅

铁链歌

我拖着一条铁链在街上走，像拖着一条响尾蛇

我拖着一条铁链在街上走
买药付钱的时候，就放在门外，不用拴
我们彼此信任，我们相依为命

我拖着一条铁链在街上走
有根脱落的、系横幅的塑料绳，缠住它不放
懒得去解，我使劲拉，拔河一样地拉
相信它环环相扣的严谨，相信自己真理在握的力量

我拖着一条铁链在街上走，后面跟来了一条狗

篾匠歌

黄金的权杖和竹制的鱼竿
我会选择鱼竿，虽然不爱钓鱼

我会把鱼竿剖开
做扇骨，制造晚风
做风筝骨，支撑越来越低的天空
做孔明灯
最近夜里的星星
越来越少了

做竹背笼，去后山
把笋子放进竹背笼，把孩子放进母亲的怀里
你背背笼的样子，让我想到母亲

做竹篮
打捞水里的泪

胡家村记事

那些青山，矮了许多；那些田埂，短了许多。
那棵枇杷，已经挂果；那轮夕阳，还在下落。

那条山路，依然坎坷；那丛芭蕉，依然婀娜。
那些草籽，依然开着；那只蜻蜓，再没来过。

村外小学，已经残破；所有教室，已经上锁。
里面的我，外面的我，隔着窗户，隔着银河。

光贵依旧，憨憨笑着，他的铁环，换了摩托。
几碟往事，摆上木桌，半碗白酒，半生蹉跎。

问问幺妹，不知下落；问问小青，无法联络。
问问许三，他却沉默，再问许三，还是沉默。

半亩方塘速写

一

枯茎，钢筋一样，扭曲，挣扎
有的，激起了细细的涟漪

仿佛狂草的笔迹
在烂泥中，追寻着白纸

冬至的第二天，落了半亩雪

二

枯茎，举着莲蓬
如同母亲，单手举着将要溺水的孩子

莲蓬被摘去了
空空的，也举着

三

抠藕的人
抠出了一节小臂，还在抠
小心翼翼地抠
似乎随时
会抠出一个
胖乎乎的
孩子来

忆云南

窗外，是收发室
再过去是翠湖
那是更大的收发室
海鸥像信件一样
年复一年，被春寄出，被冬退回
翠湖过去是省城，省城过去是楚雄
洱海过去是金沙江
金沙江过去是哈巴雪山
到奔子栏，往右
再过一次金沙江
走五百里的土路
就是我和李贵明、扎西尼玛唱歌的地方
那里有满坡满坡的石头
再走三十里
还是金沙江
那是我们醉酒的地方
满江满江的波浪
没有船
用来捆绑的钢索
在那里
用来渡人

阿坝谣

有些地方，和有些人一样
相见恨晚
我停下来，因为阿坝和我一样
身体里有厚厚的积雪

琉璃瓦上的雪最先融化
因为吹号角的僧人，衣衫最薄
其次是木桥上的
牧人和牦牛急于上山
然后才是铜壶里的雪，卓玛为我煮酥油茶用的
我不急，下午才走

似乎怕我离开
公路上的雪
下午都没有融

生怕我离开，那晚
阿坝又落了整整一夜的雪

收脚印的人

姑婆突然进城了，背了些茶油和鸡蛋
话，像井水一样，又多又凉——
一下子都老了，你母亲老了，你也老了

临走，她说，是来收脚印的
算命先生说，她打不过这个冬月
棺材都备好了，新居也修好了，还喂了两头肥猪
冬月，乡下风大雪大
她叫我到时多穿衣服，别骑摩托

走得很慢，一步一摆
回给她的干鱼，仿佛真是大大小小的脚印
在背篓里，沙沙地，一步一响

无常引

一个窗子对着张家界市，一个窗子对着无事山
十八步，从乞丐到国王
十八步，从万家灯火到几颗星斗

光有抚慰作用，夜，深到一定程度
会把所有的灯，都开起

卧室里，左边是电脑，右边是床
累了，就往右边倒
便从虚拟到了荒谬，从梦想到了梦境

几天不下楼，白天和黑夜像白无常和黑无常一样
轮流看守着我

桐溪谣

和那些流经村庄的小溪一样，桐溪
留了几块石板，供女人捶衣
留了几树榆荫，供男人钓鱼
看到一条鱼，挣脱鱼钩，我满心欢喜
看到另一条，被收进竹篓，也满心欢喜

和那些流经村庄的小溪一样
桐溪还留了一处深潭，给孩子过暑假
这个假期，小晚有些不开心
伙伴们都在疯玩，只有她捂着胸，不敢出水
她把天赐的美丽，当成了一种负担

若巴溪

一

牦牛喝过的水，我又捧着喝
我喝过的水，央金措姆又背回去煮酥油茶
若巴溪不宽，措姆的弟弟，一跃而过
还是有点宽，我助跑了很远，没敢跳

二

为了经过更多的村庄、帐篷和格桑花
我离开了国道，改走乡道
为了经过更多的村庄、帐篷和格桑花
若巴溪的弯，又多又夸张

三

溪水左边有座白塔，右边有堆牛粪
今年牛粪捡得多，粪堆比白塔要高出一头

风居住的地方

纵横的铁丝网，会琴弦一样低鸣

北风，九级，零下四十二度
牧民哈萨，光着上身，坐在化工厂门口
将厂长递来的两沓钱，抛向空中
漫天的钞票，是这个冬天，呼伦贝尔
唯一的一场雪

沙，驱赶着草，风，驱赶着沙
风，才是这里真正的主人
我们无法阻止呼伦贝尔大沙漠
就像我们无法阻止风一样

钱，全被风收走了
几个工人骑着摩托，一张也没有追到

仪式歌

“明知道会失败，为什么
还要耗费一生”
很多人，问过很多次
“只是在完成一个仪式”
说这话的人，很少
穿具有仪式感的西服

葬礼隆重到一定程度
逆子会变成孝子
黑老大会变成英雄
装到一定程度，悲伤
会变成真的
会想到离开送葬队伍，冒雪
去看一个让你悲伤的人

雪在增大，将松枝压断了
雪还在增大，在凉亭坳
压断了山路

大雪，将看望
变成了一个
盛大的仪式

出塞歌

经四川盆地、柴达木盆地、塔里木盆地
上天山公路，在铁力买提达坂，吃了一团雪
经准噶尔盆地，出玄奘的星星峡
由河西走廊，过黄河，过长江，回永顺

一个人，一辆摩托，行程九千七百零九公里
历时三十二天， 遇雨十八天，沙尘暴三次，冰雹一次
瘦了九斤，摔车四次，流泪三次

带回了塔克拉玛干的沙尘少许，在肺里
带回了昆仑的阳光，在脸上
仔细的话，你能从我的眼里，看到星星峡的月光
能从我的安静和孤独里，看到天山的雪

星星峡

第三天，遇到一棵小草，你热泪盈眶
沙上日头出，沙上日头落，沙上的你，没有带骆驼
第七天，看到那具人骨，你无动于衷
沙上日头出，沙上日头落，沙上的你，没有带骆驼

在星星峡，穿过大漠，九死一生的玄奘
遇到了第一个人，而且是活的
这位得道的高僧，忍不住抱着对方，痛哭流涕
也是在星星峡，风，抱着我不放

沙子在咕咕地喝水
喝饱水的沙子，黄豆一样膨胀
焉支山上，那弯彩虹的出现与消失，意义重大
我认为，它是人生的真相

酒鬼歌

酒，才是真理
故人故事故消息，云舒云卷云不去，溶在碗里
此生谁不是囚徒，人人都在监禁你
唯有酒，解放舌头，解除面具，还原你自己
天为屋顶地为席，几多兴亡几多恨，不过一醉而已
酒鬼不逊太阳神，尼采也向他致敬
酒没有，哲学深，酒却比，哲学真

你，是我宗教
世间万般皆不信，只信你，文火煨汤伴我老
若有诽谤漫天处，十年牢，只信你，送衣送饭送书报
你没有，菩萨俏，你却似，菩萨好
昨夜青灯见白发，是时候买船挂帆归去了
我来喝酒你撑篙，我来喝酒你吹箫，你来煮鱼好不好？
你没有，菩萨俏，你却似，菩萨笑

鲁迅故居

作为一件礼物，二十八岁的朱安，送给了鲁迅

“我好比是一只蜗牛
一点一点往上爬，爬得虽慢
以为总有一天会爬到墙顶的
可是，现在我没有力气爬了
我待他再好，也是没用”

“这辈子只好服侍婆婆一个人了
万一婆婆归了西，从先生一向的为人看
我以后的生活，他是会管的”
傍晚，朱安会陪婆婆散步
从鲁迅故居出来，要经过两棵淡白的桂花

“我卖先生的遗物，是因为没有钱过活
我也是先生的一件遗物，你们怎么不管呢？”
婆婆死后，她就一个人散步
放学的孩子都叫她朱安婆婆
小脚的她，走路会乌篷船一样轻轻地摇
从鲁迅故居出来，直走一百米，就是三味书屋

从鲁迅故居出来
直走，四百米，就是沈园

北漂者

一

进屋，即进山
即自立为王
台灯，即皓月，翻书，即翻越千山
不管，不顾
东三环的车流，即怒江
回忆，即偷渡
写诗，即贩毒

二

出门，即出家
即避位为僧
办公室，即崇圣寺
不闻，不问
不欲，不求
对着电脑，即面壁
敲字，即敲木鱼

三

还乡，即还俗
还乡，即还魂
做一个好丈夫、好儿子
好父亲、好亲戚、好朋友
好好打圈敬酒

好好拜年
不遗漏一个人
不遗漏一座坟

马　歌

想买一匹马，有平整的雪原
有老路、空谷和古战场，在等待马蹄

想买一匹马
我的疲惫和重负，需要马鞍

想买一匹马
等红灯变绿，策马出城
他们像看神经病一样看我
我像马一样，看他们

想买一匹马，远放终南山下
马吃草的样子，像在亲吻大地
我给马梳鬃毛的样子
像在给你梳理长发

想买一匹马，沿玄奘的路
渡黄河，经河西走廊，穿黄沙茫茫的莫贺延碛

眼里尚有泪水
世上已无经书

沙　歌

花了七七四十九天，他用沙子
创作了一幅画

沙粒，在最正确的位置上时
会变成细胞，会产生体温、呼吸和力量

展出引起了轰动
都认为是接近完美的杰作

观众越来越多，朋友建议收门票
他摇头："作品还没有完成"
蹲下去，目光痴迷，如注视着深爱的人

突然，他奋力一掀
沙毯上所有的人物，背景，故事，细节
都变成了沙粒，落在地上

等人们惊魂稍定
他说："现在，完成了"

刘师傅

一

学过焊工和钳工，我会打铁
他们叫我刘师傅

我会把铁锤高高抡起
会把砧上的铁，打得火花四溅

打铁，没有别的诀窍
就是把铁，当成你最恨的人

二

改行后，我依然是刘师傅
把字烧红，锤打，淬火
有时，打成砍刀，有时，打成镰刀

经常半夜磨刀
喜欢看刀逐渐发出月亮一样的光芒
我知道，刀，也在磨我

三

怀疑筇竹寺的这个和尚
也做过铁匠
不然，怎么会有如此大的一双手
不然，怎么会

把木鱼敲得
如此惊心动魄

大 寒

裹得严严实实
绒帽，口罩，手套
等身的棉衣
大妈提着鬼头鱼
像灭绝师太
提着屠龙刀
零下三十度的东北
什么都硬了起来
柳条，草，大地，水
有个学生将黄老师
按在地上，砸破了头
用半斤猪肝

农药颂

母亲喝了一口，对四女儿说，农药是甜的，可以止哭
四女儿喝了一口，果然不哭了

母亲对三儿子说，农药可以止咳，像枇杷止咳糖浆一样有效
三儿子喝了一口，果然不咳了

母亲对二女儿说，可以治饿
二女儿喝了一口，果然不饿了

母亲对大女儿说，农药是咱农民的药，可以止血，止痛
大女儿喝了一口，斧子碰伤的头，果然不流血了

打工的父亲，回来把剩下的全喝了，溃疡多年的胃，也不痛了

喜马拉雅

他背着洗衣机，走出了小镇
走向了喜马拉雅

店主说，他叫阿吉，三十七岁
运气好，三天可回到村子
运气差，会遇上暴风雪、泥石流，甚至黑熊
八年前，他的叔叔
在一场雪崩中，跌下了悬崖

他背着海尔双缸洗衣机，走上了喜马拉雅
踩得大地，一步一颤
有震碎的雪粒落下来

不确信，雅鲁藏布大峡谷
前世是一片汪洋
但我确信，阿吉有一个深爱的妻

废弃辞

喜欢在芭茅如海的河西镇，看游人如织的王村镇
这里很多废弃的事物，让荒凉的人心安
水泥厂废弃了七年，球磨机本来噪音最大
装着几十吨钢球，此时安静如一头灰鲸
如果全世界的马达，都停止运转了
人世会不会安静下来，人们会不会用倾诉代替咆哮
黑板也废弃了，像块狗皮膏药，贴在墙上
下次带支粉笔，写个寻人启事，让它活过来
水面禁渔，废弃的船拖上了岸
倒扣成了一架木鼓，下大雨的时候，很响
悬崖废弃得更久，自从二十年前
英姑为了逃婚跳下来，受了伤后，再也没有人跳过了

乱坟冈

“每个人的内心，都有一扇门、一把锁
爱权的，可能锁着一个富丽堂皇的会议室
爱钱的，可能锁着集市、股市或工厂
热爱生命的，往往锁着一个迷宫似的花园”

“你很复杂，温暖而又苍凉
多情而又孤独，希望而又绝望
我猜你的内心里，有两道门
一个门里，锁着阳光灿烂的沙滩
很多穿比基尼的女人
一个门里，锁着阳光更加灿烂的沙漠”

有一天，窥心者把他灌得微醺
偷走了钥匙，溜进去了
她是面无血色地跑出来的
——里面，怎么埋着那么多坟墓

“不要怕
多是衣冠冢”

水　歌

七个孩子下河
第一个没上来，第二个去救
第二个没上来，第三个去救
第三个没上来，第四个去救
第四个没上来，第五个去救
第五个没上来，第六个去救
第六个没上来，第七个去救
第七个也没上来

文明一直在澎湃
屈原没有上来，李白去救
李白没有上来，陆秀夫去救
陆秀夫没有上来，陈天华去救
陈天华没有上来，王国维去救
王国维没有上来，老舍去救
老舍也没有上来

船事

顺着河流走
可以理解群山
顺着河流走
可以理解时间

晚上放卡，早上收
船头煮鱼，香两岸

我的船
挂着整条河流
唯一的帆
招风、捕风、驭风的技艺
在别处已经失传

里耶，洗车河，碗米坡
王村，凤滩
乌宿，浦市，柿溪，仙人湾
故地，就是故人
隔段时间
得去看看

嘎，嘎，嘎
船会像鸭子一样叫唤
橹比毛笔

更难掌控
我用一支橹
撼动了辛女山

顺着河流走
可以理解沈从文
顺着河流走
可以理解屈原

大多数的时间
用于弥补
前半生欠下的睡眠
河流如同姐姐的手臂
船舱，就是摇篮

我信任水
胜过岸

战鼓

他们刀法精确，手法纯熟
皮肤，就像紧身上衣一样，脱了下来

我变得像诗人一样敏感
能感受到风的锯齿，锯齿上的锈和盐
桃花瓣，落在我身上，就是烧红的刀片

我没有叫你，因为我没有脸了
你认不出我，因为我真的没有脸了
他们将我的皮肤，钉在木桶上
我一点也感觉不到痛

你敲鼓的姿势，像在跳舞
鼓点，让士兵们，奋勇前进

你敲的鼓，越来越响
你敲鼓的姿势，像在打一个负心的人
有震落的雨，落在鼓上，如泪
有震落的泪，落在地上，如雨

你是不是看到了，鼓上的四条爪痕
你是不是记起了，前晚，你过于用力

想买一辆养蜂车

买辆养蜂车，装两百只蜂箱
驾驶室也是我们的卧室，装台高级音响

随香而栖，逐花而居
六月开往伊犁，看啊，西天红得发紫
——薰衣草开了

八月开往秦岭，酿槐花蜜
九月开往草原，酿苜蓿蜜
冬月开进罗平，酿菜花蜜

花看厌了，就看你，看你吃琥珀色的巢蜜
看你将手指，吮吸干净
看你伸出舌尖，舔着上唇

写到这里，有词语嗡嗡地蠕动起来

广陵散

写封绝交书，写了撕，撕了再写
手在颤抖，字，却是工整庄严的魏碑
倒一瓢竹叶青，喝了，再倒一瓢
瓢，在欢喜，酒，也在欢喜

往路的尽头走，不打，不骂
水牛知道，什么速度最适合黄昏
不要问我去哪里，上车来就是
不要问我去做什么，上车来就是
说什么没钱，上车来，车上有酒

一支短笛，几声长啸
啸声中带有咳嗽，咳嗽中带有血丝
不要担心，酒坛后面，有把锄头
——死，便埋我

野菊花

“日落时分，青石路口
带你的家伙，一对一，生死无悔”
时间、地点、方式，都是我定的

沐浴，更衣，焚香，祭祖，祈祷
菜刀，是妻在超市买的，还登记了身份证
胸口有铁的时候，血，苍凉起来

对手是特种兵出身，拆了王二嫂的店铺
给了补偿，王二嫂说不够
寡妇说不够就是不够，你有法律文书也不够
我话少，第七句过后，就有了这场决斗

青石路口，有九棵枫树、两块巨石
县志载，荆轲曾从这里，西去强秦
野菊，像秋风撒落的金币，一路都是
我选了两朵，放进上衣口袋

天色渐晚。想必她们已经回家
女儿可能在背书
妻，可能在厨房找菜刀

养龟记

养只乌龟，在玻璃缸里
于是，办公室里
还有一个生命，比我更安静

周末，带它回家
像个托钵的人，走在团结湖路上
于是，城市里，还有一个生命，陪我来，陪我去
陪我到巷子里，配钥匙

从此，出差会有牵挂
这个世界，还有一个生命
离我久了，会活不下去

它搅动着深蓝的夜
在玻璃缸里游出了江湖的辽阔
开灯，伸出手指，它立马缩头
我只摸到壳上的伤痕

可怜这个胆小的孩子
它会活得很长
会看到很多我怕看到的

毒蛇传

做减法，减掉欲望，减掉朋友
减掉翅膀，减掉四肢，最后成了蛇
少量的毒，是我最后的敌意

钻进帐篷，破坏了古老的秩序
惊叫带有尖牙，鸡尾酒洒在地毯上
他们将我赶回风雪

你把我抱进怀里，取下围巾
围住了脖子，就围住了我的七寸

怀疑你的前世，是个农夫
我们的今生是个寓言
不该吻你的，不该吻得那么深、那么动情
寓言和童话的区别，就在结尾处

忘记你的过程，像在蜕皮

葬花吟

不愿下楼，樱花一落俱落，满路都是
下脚的地方都没有
把樱花的零落，当成殉道

一只粉蝶，指甲大小，向上挣扎
至十五楼窗口，方知是樱花
我把她的到来，当成诀别

沐浴，更衣。我把这次下楼，当成出席葬礼

把环卫工，当成葬花人
看她把花瓣扫成一堆，铲进斗车
同饭盒与纸屑，一起拉走

上坡，还帮她推了一把

开荒记

开荒时，不断地犁出人骨
老程一打听，才知道
这里打过仗，死了许多远征军

骨头和石头一起，扔进灌木丛
培土，理沟，挖坑，丢种
一片被狗尾草和蚱蜢占领的土地
几天工夫，就被老程夺了回来

一个星期后，老程去锄草
发现有一种黑尾的小雀
把苞谷苗拖出来，吃根上的种子

他用破衣服，扎了个稻草人
觉得不吓人，去灌木丛中
选了一颗完好的人头骨，安在上面

两个月后，苞谷长势非常好
每一棵，都有一人多高
在老程面前，像一支雄壮的队伍

踏过樱花第几桥

外婆桥，刚刚扫过，脚掌能感受到
石板有月光，脚掌也能感受到

赤脚好，蜗牛壳都踩不破
赤脚好，半夜下楼梯，离家出走
猫一样警觉的妻子，都不知道

从此，以赤脚对抗人间的深雪、深泥与玻璃
以赤脚对抗红地毯

赤脚可以感受到大地的悲伤
过报恩桥，他绕过了满地的樱花

回永顺记

从青藏回来
她打来电话
问到了哪里
我停下摩托
说到王村加油站了

过一会儿
她又打来电话
问我到了哪里
我停下摩托
说到牛郎坡了

她又打来电话
我停下摩托
说到了哈妮宫
还有一个小时
她说，开始做晚饭了

她又打来电话
我说到了吊井岩
飞沙坡修路
不得已绕道
哦，她说还有半个小时
菜做好了

路边有爱吃的
蒿子粑粑
也不买
我要把饥饿
带回家

下起雨来
也不加雨衣
我要把寒冷
带回家

印　度

有一天，我会去印度
不带手机，不管归期，不管开销
不管雨季、旱季和风季

会走一些乡村
看炊烟、孩童、老牛和水井
看农耕文明的落日

可能会找一个印度女人
翻阅经书一样，揭开她的纱丽
走庙宇，走贫民窟
会在人潮人海中
蹲下来，听玩蛇人的笛
会在人潮人海中
停下脚步，回头

会脱掉全部伪装和面具
在恒河里沐浴
喝一口恒河的水
对着水去的方向
流尽平生的泪

然后，会回家

不再向往远方
静静地种菜，轻声地说话
淡淡地笑和回忆

会经常去水边
等鱼上钩
等她叫我吃晚饭
等死

口　琴

一

想去乡下教书，
远一点，偏一点，穷一点
都不要紧

二

只有八九个学生，也不要紧
既是各科老师，又是主任，又是校长
我还没当过官呢

三

语文课，我要和他们一起
读李白的《将进酒》
一起摇头晃脑
一起，把什么都忘掉

四

音乐课，教他们《骊歌》
清新的童声，会像燕子一样
飞出很远很远
如果担心听出泪来
就走出教室
外面，种着一树无花果

五

美术课，带他们去村头
画什么都可以
田野、小桥、老牛、藕花
以及，路过的大雁

六

最怕的是数学课
考数学至今是我常做的噩梦

七

放学后，学生都走了
我就一个人坐在矮墙上发呆

八

山村的夜，会很静、很长
不要紧，我带了很多书

九

我还带了口琴

王村镇的银匠

瓦背上，月亮，像刚刚抛光的银

想起了盘溪
肌肤在水里，透着光泽
仿佛，女人是纯银的骨

铁砧上，银，女人一样软
很容易就弯成满月的形状
他们说，纯银的手镯，比精钢的手铐
更能锁住一个女人

银圈不小心跌落，顺着青石板
叮叮当当，滚出两丈多远

这让我再次想到了盘溪

备忘录

一、用写诗的手艺，挣干净的钱

二、写诗的初心，有话要说
三、写好读好懂、遗传着自己生命基因的诗歌
四、不赞美邪恶

五、欠父亲一场旅行
六、欠儿子一辆山地自行车
七、欠她一个道歉

八、王单单，欠我五千块钱
九、这尘世，欠我一场五千里的雪

侠客行

不喜欢说话，只喜欢荒野、小溪
以及两三片叶子的枫树

要一匹马，瘦一点不要紧
清晨，骑着它去做事
系在大院里的老柏树上
嘱咐保安，要上好的草料

要把左轮手枪
一粒子弹，重过千粒汉字
喜欢红铜的光泽
喜欢子弹的直接
没有废话，也不伤及无辜

要一场雪，要把足迹留给
追踪我的警察，或者女人

刘江长

我若当江长，会拆除水坝，不准挖沙
水活了，岸，就活了
又会有吊脚楼、放排汉、赶排女和纤夫
又会有海鱼，逆沅江而上
又会有温软如水的沈从文，买船而下

我要沿江修一些亭子和排椅
供爱水的摩托车手躲荫，躲雨，等落日
我要建一些碾坊和油坊
让水车日日夜夜咿咿呀呀地唱
让满江都有菜油香、茶油香和桐油香

我要在洁白的沙滩上
种洁白的芭茅，养洁白的鹭鸶
让最害羞的女孩子，也忍不住解下洁白的裙子
和落日一起下水

火灾记

过街的老鼠人人喊打

少年捉到老鼠后，淋了油
点灯芯一样，点燃了尾巴

出了两辆消防车

一团火，尖叫着
钻进杂物堆，不见了
三分钟后，再出来
火，已经长成了狮子，喷着浓烟
继续疯长，不到十分钟
成了三十多米高的霸王龙

废墟里，少年的发现

价值八十五万的家，是灰
老鼠窝，也是灰
存折是灰，初中毕业证、户口簿
法律条文、名人传记
记有初恋的日记，都是灰
祖母的骨灰罐里，是灰
老鼠的骨灰还是灰
颜色和手感都差不多

春天按时到来

原址建起了一座新房

星期六下午
少年找来人字梯和泥
在屋檐下做了一个燕窝
他记得燕窝的位置、形状
以及开口的方向

大兴安岭的抒情诗

拯救，有时就是加害
他亲眼见过黑熊将小白羊撕碎
只留了没来得及长角的羊头
给迟迟不愿离开的母羊
是不是在干涉上天的旨意
——作为黑熊保护专家的他，常常忏悔
有一次，包扎伤口的时候
为了不伤及黑熊的大脑
他擅自减轻了麻药的分量
黑熊提前醒来，撕下了他的腿
——“放过它”
这是他最后的一句话
黑土地上，每年都会落很厚的雪
黑与白，并没有敌意
白雪会把黑熊藏起来，躲避冬猎者
有时藏进去一头，放出来还是一头
有时藏进去一头，放出来的是两头
咬死黑熊保护专家的那头
被春雪放出来的时候，就是两头
母熊呼叫掉队的小熊
如同一个大词在召唤一个小词
小熊一颠一颠地跑过去
雪地上出现了一行诗
中途摔了一跤，滚了两圈
那行诗，出现了停顿和转折

洱海之夜

今夜，我姓段名誉
饱读诗书，精通琴棋，没有心机
南诏岛上，满目洱海，多少苍山
月光盐酸一样强烈
渗进了骨头、岩石和每一句对白

今夜，我已深入江湖
灰云横斜，渔灯明灭，浪花开谢
有暗流、旋涡和潮起潮落
英雄在此，螃蟹与竖子不得横行
今夜，正义像风一样无处不在
所有善恶，会在鸡叫之前得到报应

今夜，颜梅玖就是木婉清
余幼幼目光有毒，应是阿紫
张晚禾算作钟灵，雷平阳就是乔峰
胡正刚光头，法号虚竹，使得一手好拳脚
篝火旺盛，夜渐熔化，无人注意
有思念像飞蛾一样扑进火里，化为灰烬
我踩凌波微步，经脉完全打开
用脚步书写赞美诗
献给大地和生命，不悔一字

今夜，喝了太多白酒和啤酒

我内力充沛，心潮澎湃，脸色潮红
今夜，我的六脉神剑非常灵验
伸手一指，月亮就多了一块红晕
再指，有星星落进你的眼眸
又指，两只白鹭掠水而去
像用来形容天国或者故乡的词语

今夜，我是大理王子
权倾西南，富甲滇土，泽被一方
我不杀生，不修宫殿，不拆民房
爱种茶花与竹。我信佛，信缘，信鬼神
怜惜每一片落叶和扇贝
酒杯里的时间，是我唯一的敌人

用轻唤，抚摸一些女人的名字
再不喜欢，就来不及了
今夜一过，就有船来接
武功将还给金庸，清澈将还给洱海
真诚和青衫还给北宋
缓慢而精致的深秋
还给沙滩上的紫衣螺

一到对岸，我就是诗人刘年
就得戴上微笑和谦卑

一个领导都不敢得罪
最喜欢的女人都不敢喜欢
只在不胜酒力的时候，才想起六脉神剑
只在不省人事的时候
才想起王语嫣

虚　构

有必要虚构一间木屋，七十个平方
放置无处可放的文字，用来发霉发酵，腐烂成蛆
有必要虚构一片空地，栽你喜欢的葡萄和鸢尾

有必要虚构一片雪原，冰镇这浮躁的蝉

有必要虚构一个故事，丢进渐渐熄灭的火塘
故事的开头，梨花满枝，叙事缓慢，对白不多，不要结局
梨花，虚构它一直不落

有必要，虚构一个我，虚构一脸冷笑和一柄长剑
现实太硬，剑，有必要虚构它削铁如泥

你，一直在那里，没有必要虚构
但有必要虚构一条水洗绸紫藤花的长裙，送给你
再虚构一条船、一阵风，以及一条未及命名的河流，也送给你

有必要虚构一些纸，记录一些即将焚毁的事实
有必要虚构一些事实，祭奠那些诚实的化为灰烬的纸

有必要虚构一次沉没，告诉人们，扔过来的，只是一根稻草
有必要虚构一次压倒，告诉骆驼，每一条生命，都是一根稻草

有必要虚构一场噩梦

看哪些人在熟睡，哪些人在装睡
有必要虚构一些尖叫
让这场噩梦，看起来像虚构的

掉头记

越骑越慢
觉得去大西北
没有意义
无非是从虚无
走向荒芜
从人潮人海的孤独
走向无人区的孤独

后来，觉得
意思都没有了
就停下来休息
山黑，云也黑
山多，云也多
如中了十面埋伏
进也不是
退也不是

最后，是那种
不祥的感觉
让我下定决心
掉转了车头

又经过了
那个办丧事的人家

女子二十九岁
从酒店摔下来
有人说是别人扔的
警方说是自己跳的
没请道士
冷冷清清
四岁的女儿
戴着重孝
显然不懂死亡的真谛
还在摘花圈上的
纸花

过了镇子
有一瞬间
想再次掉转车头
进入灵堂
替人家哭一场
不收钱

空　歌

给穷人以尊严，给自己以救赎，给鸟儿以天空
买鸟的女人，接到手，就放了

一只接一只，鹦鹉拍着华丽的翅膀
越过头顶，越过瓦顶，只留下空空的天空

卖鸟人接过钱，数完了之后，才说
离开笼子，它们都活不过三天

活一天，得一天；得一天，是一天
两手空空的女人，还在仰望

一般，只有笼中的鸟儿，才会那样久地望着
空空的天空

太仓辞

上月还在长江头
现在到了长江尾

长江是一枝
六千三百多公里的闪电
什么也没击中
什么也没改变

上游寺庙多
下游市场多
一样的金碧辉煌
一样的是
很多人的信仰

上游牛羊多
下游轮船和集装箱卡车多
一样的爱结伴
一样的爱叫唤

苗　苗

她最恨的人，是个屠夫
磨刀的时候，不止一次，偷望了他的胸口
她清楚他心脏的位置
如同他清楚猪心的位置

在她的床上，他和母亲疯狂地做爱
让她父亲一辈子都抬不起头来
让她母亲走几十里的夜路去追寻他的足迹
那是她童年见过的最深最冷的雪

几十年后，她专程去看他
他的头发，让她再次想到了那场雪
把钱压在枕头下，嘱咐他，少抽些烟
但不要完全戒。她希望他好起来

她明白，这个世界上
只有一个人，叫她母亲苗苗

甜酒令

酒令酒令，酒后的命令；酒令酒令，大于军令
我命令你们，用美学指导人类的方向

我命令你们，两军对垒，向三国学习
将军出来吹牛，揭老底，说垃圾话
然后大战三百回合，败者，鸣金收兵

我命令你们，每天遥望一次
每周深度反省一次，每月去重症室参观一次
每年去墓园，遍读碑文一次
每十年去故地，遍访故人一次

我命令你们，将世纪大道改为幺姨路，她在那里
卖了一辈子的甜酒

深山大雨歌

雨声中夹杂脚步
这种天气，有谁会来？

半天没见敲门
是路人，还是幻听？
起身，拉开门
只见雨，不见山

返身进屋
他自己敲了敲门

花梨木，硬而沉
本是做木琴的上好材料
被他用来
做了门板

小鹿歌

小鹿突然跑起来了
没有什么追赶
也没有什么需要追赶
先跑起来再说吧

没想好到哪里去
一时又想不到去哪里
低头想的时候
小跑变成了顶撞

小鹿还没有长角
就先学会了顶撞
没有什么敢顶撞的
就跳起来顶撞天

顶天总也顶不到
于是跑回去
顶撞母亲的乳房

八阵图

路，像极了人生
很多分岔
有的通往繁华
有的通往荒墓
有的通往幽暗的山洞
有的通往悬崖

古寺，是其中的一个出口
对联已经斑驳
晨钟暮鼓
敲醒世间名利客
水琴风笛
唤回苦海梦中人

坐到太阳偏西
你可以感受到
石头内部
冷漠与恨意
会有落花
不停地
把你当成石头一样
撞击和掩埋

坐到太阳下山

你可以看到
一个女子，背着
沉重的柴火
从山上下来

她今年二十七岁
研究生毕业
穿着咖啡色的僧衣
深黑的布鞋
会避开石板上的
蜗牛和桐花

板栗歌

玉娘系了根吊绳在板栗树上
想把自己吊起来，报复他
一声骨折的碎响，树枝断了
跌醒了玉娘："不能吊死在一棵树上"

绞索，加长一些
就可以做成秋千

一个没有星星的夜晚
玉娘的女儿在秋千上
数星星一样，数板栗球，她说
"刺，就是板栗的光芒"

下辈子还当不当诗人

当！不学建材机械了，直接学诗当诗人
找不到好工作，做苦力也当

拿皇冠，换我诗人的头衔，都不干
看看盛唐的李家，富丽的宫殿
墙，比监狱还高，看守，比监狱还多
弑父淫母、杀兄灭子，比监狱还黑
若一个人骑着摩托走柴达木盆地
大内高手们，有一百种方式，让我的头
先于落日落下

不像当画家要买颜料，买画架、画布
当诗人还便宜，问服务员借支圆珠笔
在餐巾纸上，就可以写出三千佳丽宫娥
三千里地山河，不用动干戈

最重要的是，诗人可以去做
上帝曾经做过，但又没有坚持下去的事
赋予丢弃的事物，以光芒
赋予沉默的事物，以倾诉，甚至召唤
赋予失魂落魄的，以灵魂
赋予漂泊的灵魂，以骨肉、体温和力量
赋予绝望的，以希望

魏老板

没有人说话，他经常在柜台里看街上的行人
一把斧子，看什么都像木料
一把电锯，看什么都觉得长了
作为棺材店的老板，他看人们都是匆匆地
向不同的方向，奔向死亡

实在没有生意，他便看电视，看军事频道
别人认为战争是灾难，他认为是短痛
每次大战后，人类文明就跃升一次
他幻想着有一天，人们叫外卖一样，叫他快递棺材

孤独辞

高原是孤独的，山因此只长石头，雪因此不能融化
许多好看女子，因此穿上了袈裟

遗失在雪坡上的尖刀，加深了她的孤独
刀鞘和磨刀石，还在我手上

我的离去，让青藏高原的孤独，进一步加深
摩托车的后视镜里，一场大雨越过宁静雪山，向云南追过来

岩头寨之夜

人生当如张福菊，生两个女儿
脸大的女儿去抽柴，胆大的女儿提着刀
去雨里砍白菜

人生当如张福菊，生两个女儿
犁田的时候，一个女儿送饭，一个女儿送草
受人欺负的时候，一个女儿骂累了
还有个女儿接着骂

人生当如张福菊，生两个女儿
吃老鼠药之后，一个女儿喊父亲
还一个女儿喊医生
人生当如张福菊，像三毛一样
万水千山走遍，像三毛一样
宁负天下，不负他
酒要喝干，歌要唱完，七十三岁的张福菊举起碗
“一夜太长，一生太短”

人生当如张福菊，生两个女儿
一个女儿喝醉了，还有个女儿
接着喝

水手歌

宁嫁石头，不嫁水手
——女人，害怕离别
真正嫁了水手的女人，却很少改嫁
只有她们知道，每次出海回来
水手们搂得那种紧
让人一辈子也挣不脱

在如东，跟船老板说好了
休渔期一过，便跟他们出远洋
我适合当水手，会游泳，有蛮力
帮着拉网，拣鱼
每晚，替他们在甲板上值班
没有网络信号
却有最完整的星空
星空被黑云涂掉了，我还有思念
出海越远，思念越深
通过思念，我会把走失的人
再找回来；通过思念
我会把爱过的人
再爱一遍

风浪来了
就拉响警笛，跑进船舱
万一掉进海里，也不怕

我会抱着救生圈
我有蛮力，我会抱得很紧
再大的浪
也不会脱手

半边街

十一岁姐姐和七岁的弟弟
两个嘻嘻哈哈的恐怖分子
趴在三楼的栏杆上
不断地往人群中
投放着爆炸物

落在瓦上的，炸了
落在篷布上的，炸了
落在蔷薇花瓣上的，炸了
落在水盆里的，也炸了
没有一个哑弹

他们不知道
具有象征意义的肥皂泡
对于经历过
失去与幻灭的
四十六岁的男人来说
有着强大的破坏力

幸好躲得快
有个肥皂泡
贴着脸颊落下来
缤纷流丽的球形炸弹
晃晃悠悠地

落在地上，还是炸了

青石板上
出现了
一道裂缝

关于敦煌的回忆

在敦煌，那片沙漠
是不能去的

当你不顾危险走进去的时候
落日，会变成
同样大的月亮

当月光将沙漠
涂成雪原的时候
神秘而性感的线条和色块
会让你忘掉
莫高窟的菩萨

你得回去了
如果继续走
月光，会变成真的雪

在敦煌，阳关也是不能去的
那里只有血红的沙
颗粒感十足的风
以及一辆废弃的马车

路，戛然中断
祁连山，远远地像一绺白布

包扎在天与沙之间

一个人也没有
一句话也不说
什么事也不发生
你也会潸然落泪

2019 年年终总结

成绩：寒假骑车回了云南
暑假骑车走了沙漠公路、新藏公路和羌塘无人区
出了本诗集《楚歌》

遗憾：丢失了四个故人
一个不辞而别，一个绝交
一个病死，一个醉死

刚刚得知，又丢失一个故人
花垣诗人陈清山，特别喜欢我那首《如果死在路上》
生日急于回家，骑车到三十五公里处，被碾了

大货车拖行一百多米
让他离家又远了一点

病　人

他想得一场病
很大的病
他想大声地呻吟
他想很多朋友来看他

他想得一场精神病
他想放肆地笑
而又不被人笑
他想无缘无故地哭
也不被人笑

他一直很健康
直到去年
才得了病
没想到竟然是
阿尔茨海默病
总是记不住

每天一醒来
就叫妻子
煮豆浆、炸油条
每天护士都会告诉他
妻子去世了
每天，他都会坐在床沿上

默默流泪

一觉睡去
又会忘记

因此，他每天都会
经历一场
生死离别的
大悲伤

酒 歌

对水一样清澈而温润的事物，怀有敬意
水去远了，会成为海；走过来，坐在对面，就是女人
往水里，掺入时间，搅匀，就成了酒
好女挂人，好酒挂杯，好月挂千山

沾酒便脸红，仿佛那些年的丑事，全在杯底
超了四两，酒精会像群刺猪，在全身乱拱
那次，瘫在床下，当过医生的老婆下了最后通牒
“你体内没有对付酒精的酶，再吃下去
得了酒精肝和肝癌，我就另嫁，头也不回”
她清楚，这个男人，体内有永远排不出去的毒

“小二，上好的苞谷烧，打三斤
掺半钱水，仔细洒家紧你的皮”
羡慕海量的人，酒，可以溶化胸口的石块和青铜
血里掺了酒，可以点燃，可以抵御人间深寒
“小二，多的银子，回去给婆娘称点红糖”
羡慕那些海量的人，踉踉跄跄，却总是不倒
生死事，轻如雪；公平事，重如铁。野猪林，吾往也

赤水的风，含十多度的酒精
两岸石崖，因此呈暗红色，因此东倒西歪
在郎酒厂，我学习了将糯红高粱变成液体的技艺
学习了如何把清澈而温润的事物

用泥封好，深埋于地下。等老了，再打开

虽千里，虽大风，虽深雪，故人，亦不得不来

在羊拉

拍照，不要站在悬崖边
这里的风，很变态
阿贵说，在羊拉，要学会三件事
同石头说话；钓
几乎没有鱼的金沙江
喝怪味的松子酒

阿贵，傈僳人，是铜矿的文员
穿着脱毛的皮夹克
两杯酒后，还原成了巫师
用一种神秘的语言，又跳又唱
有云飘过来，羊群一样，聚满夜空

第三杯后，便醉了，他，
经常去金沙江边，一坐就是半天
一个带卓玛的名字
花生米一样，被反复咀嚼
他说，羊拉的女人太黏人
曾骑马去看他，四天才到县城
他说，迟早会离开
铜矿，迟早会挖完
这里的冬天，有一人多深的雪

羊拉的风，女人一样

在篮球场上哭了一夜
第二天，羊拉的草全部黄了
风，不知去向

父亲送我上车

都无能为力
他无力阻止自己咳嗽
我无力阻止自己
去昆明打工

肝在硬化
脑动脉在硬化
风在硬化，世界在硬化
他捧着肚子
像捂着满腹的苦水
曾经无所不能的英雄
老成了路边的槐

上车的时候
他告诉我，一个人在外
要注意身体
多吃肉，少熬夜

每个字
都讲得很慢
一笔一画
工整如同遗嘱

半年之后，回过头去看
那真是遗嘱

回故乡

昆明、常德、大庸、永顺
不停地转车，不停地往回赶
我知道自己将要失去的是什么
但不知道追赶的是什么

牛郎河、狗爬岩、梭沙坎
故乡越来越近
我知道父亲是个软弱的石匠
有很多话只会跟我讲
但我不知道，像一把钢凿
在我身体内部，不停地凿的，是什么

到家已是凌晨三点多了
屋檐下，亮着一盏大灯

姐姐和妻子守在火盆边
故乡，是堂屋正中央
那一具漆黑的棺材

凤滩歌

一

那只旧船，似乎在王村码头，等了你十年
你一上来，船就开了
还是十年前的旧雨，青草白鹭，青山白瀑
过了葫芦溪，出现了记忆中的红杜鹃

二

王村像个精明的商人，经济发展了十多倍
凤滩像个等人的女子，什么都不肯改变
守着窄窄的河街，不接受微信付款
被子似乎也是十年前的那床，因为霉味还在

三

凤滩电站放出来的水，仿佛坐了十年的牢
激动，狂野，满是泪花
箍着游泳的你，不断地亲吻。仿佛知道
等在后面的五强溪电站，是个更大的监狱

骡子客

男人爱打牌，她就买了两头骡子
一头骡子的工钱，相当于一个男人
和骡子待久了，她脾气也犟了
男人骂她，她骂骡子，男人打她，她打骡子

和骡子待久了，她脾气越来越犟
雨天也要去干活，以至于
一匹骡子和一块墓碑滚下溪谷
她请人把墓碑抬了上来，骡子就地埋了
骡子客认为，骡子肉吃了会绝后

骡子和马，很多人分不出来
其实可以从气质上分的，骡子比马贱
挨打多了，更容易害怕
给它赶蚊子，竟然吓得跳起两尺高

和骡子待久了吧，她对爱情也绝望了
年底，把钱和房子全给了男人
离家的时候，只牵了一匹骡子
奇怪的是，骡子竟然不愿走
绷着缰绳，跟她拔河，直到她扬起了荆条

她下手很重
像她男人一样

一刀两断

玄奘弟子辩机，与高阳公主私爱
被人告发，太宗大怒，判其腰斩

刑毕，刽子手将其上半身
定在桐油板上，血不外涌，可继续存活
等公主到来，交代后事
他不挣扎，也不号叫
只是对着一丈开外的下半身
低眉合十，诵经超度

一个时辰后，公主没有来
屎溺的部分、下流的部分
让常人羡慕的部分
被几只流浪狗，争抢着，拖走了

用于思考和悲悯的上半部分
虔诚的、天才的上半部分
译过梵经，编过《大唐西域记》的上半部分
眉清目秀的上半部分
依然在桐油板上，念念有词

去北京

去北京讨生活，我会埋头做手艺
挣钱给孩子

租个房子，每天黄昏就回
做饭、看书、喂乌龟

会把北京当成魏晋的竹林
把自己当成一个篾匠，编竹篮，打水

会提一瓶酒，去看曹雪芹
石头一样坐在对面，不哭，不拜

他们说北京很冷
脚会长冻疮，会肿得像馒头
去圆明园，会疼
去长安街，也会疼

手像红萝卜一样
拆信会疼；写信，也会疼

蝙蝠岛

我是属蝙蝠的，本质上是只老鼠
想摆脱万有引力
有一天，生出了翅膀
离开了鼠辈和下水道

蝙蝠胆小，喜欢落日胜过朝阳
喜欢角落胜过人群
蝙蝠经常倒悬自己
为了适应颠倒的世界

曾经想将 1501 宿舍
命名为蝙蝠岛
夜最深的时候，看出去，群山汹涌
人间就像一片汪洋

白家庄 204 号出租屋

一

提一铜壶凉水，满头大汗地回来
在天坪，叫妈，没有人应
进了堂屋，叫爹，也没人应
灶房里，大姐也不在
火，在灶膛里红红地烧
跑到里屋叫二姐，依然没有回应
拼命地喊，一个个地喊，一遍遍地喊
直到把自己喊醒

二

黑暗里，到处都是滴答的时间
仿佛在一个混凝土大坝的深处
水，正从四面八方渗出来

三

死死地抱住那只羊
在零下三十多度的暴风雪中
阿吉奇迹般地活了下来
羊也活下来了
想起这个故事，因为窗口
风吹着铁管的哨音
让我紧紧地抱住了被子

四

南瓜越长越大，总担心掉下来
问母亲："要不要找什么撑住"
母亲说不用，藤提不起了，瓜就不会长了
于是，那只南瓜，一直在故乡悬着

船　歌（一）

一

兴亡事，恨与痴，轻轻一曲渔歌子
落花盟，流水约，烟蓑雨笠归去也

二

艳阳天，艳阳落，芦花如雪枫如火，我歌我来和
艳阳天，艳阳落，想你如雪也如火，我船不渡我

三

一顶破斗笠，遮住白头发
我自无名也无号，不是姜子牙
竹篾小篷船，泊在青石湾
不等文王三千兵，只等桃花汛

四

我是世间摆渡人，渡过白鹭渡白云
渡过此岸是彼岸，渡过芦花是边城
我是世间摆渡人，渡过风雨渡人生
唐寨少年过渡去，回来已是白头人

五

收了钓，撑向云烟去
留下一块绿玻璃，留下一场深秋雨，不留我痕迹

船歌（二）

我的归宿，是条小船，水竹的篷子，水杉的橹
舱里没有信号，有个火炉，有些纸笔，有些书

船在白鹭歇处，船在烟雨收处，船在月亮出处
那里芦花无数，那里山重水复，那里无人呼渡

我是我的朋友，我是我的妻子，我是我的儿子
我是我的医生，我是我的护士，我是我的道士

赶了我就可以走，烦了我就可以走，病了我也可以走
小船也是木屋，小船也是棺材，小船也是坟墓

小　秀

路边，有座老坟
她怕，你就去送

回来看到坟，你也怕，她又送你
她回去，坟依然在那里
害怕也依然在那里，你又要去送她

如果不是母亲的帮助
你怀疑，你们会送到天亮
记得椿树上，结满了星子
有些星子掉在茅草上
会弹起来，变成萤火虫，又上了天

还记得，一个寂静的下午
大人都在修水库
在灶房，你胆战心惊地褪下了她的裤子
你的童年
因此有了一条
美丽的伤口

祁连山

一

木屋里，女主人用松木
喂养着炊烟，这种濒临绝种的动物

二

山羊父亲是白的
山羊母亲是白的
它们带着一只漆黑的小羊
并没有觉得不妥
一家三口汇入羊群
在三十多只白羊里
小黑羊，似乎也没有觉得不妥

三

“但我还是喜欢白羊
赶着白羊就像赶着白银一样
满心欢喜”
——女主人说

四

如果给我一支枪
我可以放弃笔
给我一条猎狗
我可以放弃手机

如果给我九千亩的牧场和山林
我可以放弃世界

五

我望着祁连山
烈日照着冰雪

闻祁连山护林员稀缺，写此应聘书

给我一支枪，我可以应付棕熊一样凶猛的孤独
给我一支口琴，我可以应付狼群一样凶猛的寂静
给我一条狗，我取她的名字

下雨会进山，喜欢草木的轻响、石头的微光
下雪也会进山，满山满岭的雪，是天赐的银两
过年也会进山，我会对着群山喝酒

不需要说话，我的话早已说完
不怕被遗忘，我本来就想抛弃这个文明世界
不怕死在山里——看啊，祁连山，多么巍峨的一座坟

第四辑　倾诉

世间所有的结局，都在火里

写给儿子刘云帆

一

突然想到了身后的事
写几句话给儿子

其实，火葬最干净
只是我们这里没有

不要开追悼会
这里，没有一个人懂得我的一生

不要请道士
他们唱得实在不好听

放三天吧
我等一个人，很远
三天过后没来，就算了
有的人，永远都是错过

棺材里，不用装那么多衣服
土里，应该感觉不到人间的炎凉了

二

忘记说碑的事了
弄一个最简单的和尚碑

抬碑的人辛苦
可以多给些工钱

碑上，刻个墓志铭
刻什么呢，我想一想

就刻个痛字吧
这一生，我一直忍着没有说出来

凿的时候
叫石匠师傅轻一点

三

清明时候
事情不多，就来坐一坐

不用烧纸钱
不用挂青
我没有能力保佑你

说说家事
说说那盆兰花开了没有
最近看了什么书
交了女朋友没有

不要提往事
我没有忘记

你看石碑上的那个字
刻得那么深

不要提国事
我早已料到
你看看，石碑上的那个字
刻得那么深

雪的赞美诗

一

雪，落在雪上
并不多余
许多事物
需要覆盖
雪，落在雪上的雪上
依然不多余
许多事物
需要掩埋

二

落在路上的雪
是种呈现
类似于白纸
呈现黑字
——有个偏执的人
朝这条偏执的路走了

三

落在野梅上的雪
被赶路的人
取下来
当成白糖
慢慢地嚼

站在高处看
大地上像一个餐桌
大大小小的馒头
分不出哪是工棚
哪是坟头
哪是煤堆

四

落在横断山脉的雪
是赞美
落在青藏高原的雪
是赞美
落在雅鲁藏布大峡谷的雪
是更深的赞美
落在白发上的雪
是种沉默

五

往往，只有雪
才懂得纪念
哦，这漫天抛撒的纸钱

穿越青藏高原和云贵高原的雨季

一

到拉萨
第一件事是买雨衣雨裤和雨靴
第二件事是买一辆
油箱足够大的男式摩托车
第三件事学挂挡
第四件事冲进当雄草原的雨里
第五件事
才是高原反应

二

一块烧红的铁
需要淬火
一个负罪的人
需要一场洗礼

三

雨中有雪粒，铅弹一般
如此厚的脸皮
也受不了
还好有头盔
半小时后
有雨水带着寒意和敌意
钻进胸口

侵入肌肤
侵入骨髓
全身打战的时候
前面出现了一顶帐篷

四

在藏女的揉捏下
青稞面越来越软
案板过去，是铁架床
床脚，野草是天然的地毯
靠着枕头的地方
长着一朵紫白的野菊花
床过去，是篷布
再过去，就是青藏的雨滴
沉重而有力
得走了，趁自己还没软下来之前
雨不停，也得走
比青稞面还软的牦牛绒毯
让铁不再坚硬
让我开始怀疑
行走的意义

五

雨滴是种胚胎，见风长

长成了溪流，还在长
长成了雄狮，跟着我纵跃嘶吼
有段时间跟丢了
在如美镇再见到时
已经长成了高峡沉吟的澜沧江
人们用江水搅拌混凝土
我把江水当成药
反复冲洗摩托排气管的烫伤

六

雨水让万物复苏
有石头钻出土壤
有石头跳到沥青路上
追赶我的摩托车

七

巴青的天，垮了一样
晚上十点，还在下瓢泼的雨
有雷，在击鼓鸣冤
有闪电，试图点燃群山
有闪电，照亮了椭圆的伤疤
像金印，也像勋章
我和我的摩托车
是一柄慢一点的闪电

八

最让人受不了的雨
在糯扎渡的旅馆里
一滴一滴，从天花板的缝隙里
滴进红色的塑料脸盆里
均匀如同吊瓶
世界仿佛得了重病
在暗无天日的急病室里抢救
凌晨五点，世界苏醒的时候
我才睡着

九

放名贵瓷器一样
把老大娘和她的蛇皮袋
小心翼翼地放到家门口
她问多少钱，我说五十
她掏钱的时候
我冲进了雨里，她不知道
在后背，她给了我三十公里的温暖

十

为了洗去我的羞辱
上天耗费了
五千三百四十公里的雨

水　赋

一

什么看不透
去看看水
什么都看透了
去看看水

二

水里面有石头
有苍天
有人脸
也有人事
探入水中
捞那条翻白的小鱼
可以感受到
水的悲凉

三

雾薄了
水，流露出一些笑意
船来了
渡娘摇橹的样子
像在给河流作揖
木有木纹
水有水纹

衣服有碎花纹
人有鱼尾纹

四

从此岸到彼岸
就十分钟
渡娘拾起竹篙
用有尖铁的那头
抵住了石岸

五

“少时绿荫婆娑
老了青少黄多
休提起
提起泪洒江河”
——父亲出的谜，像诗
他就是诗人
写得一手好行楷
和七律

六

对船的喜欢
可能来自父亲的遗传
他开过碾坊，放过排

那时鱼多
两斤以下的他不要
两斤以上的大肚子鱼也不要
当了知青
才上了岸

七

记得他蛙泳的样子
凶猛，霸道
像兴风作浪的河神
他的梦想
就是买条篷子船
在水上度过余生
结果，他的余生
是在大西街度过的
每天拖着板车
拖着城北社区的生活垃圾
晃着铜铃
招摇过市
有一次
看到他捉鱼一样
在汹涌的人流中
捉乱窜的
塑料袋

八

从彼岸回到此岸
也是十分钟
问了渡娘
一条木船五千块
带竹篷
加螺旋桨，七千
螺旋桨伤水
每次拖水泥的货船过去
都会看到有惊恐的水
跑上岸去

九

如果买了船
不会安螺旋桨
我以篙为矛
对抗流水
流逝
和岸

深林里的童话

一

深林里
最大的新闻
是枫藤
缠上了枫香
最大的响动
是啄木鸟动手术时
树木的呻吟

二

直到有一天
伐木者
渡过了青溪

三

小矮杉
削成斧柄后
第一件事
就是将挡他阳光的大杉木
砍成棺材

四

命最好的
是金丝楠

绑成木排，随波逐流
竟然进了宫殿
做了龙椅

五

油茶树命苦
削成了陀螺
不停地挨抽
不停地转

六

还有油桐
挖成了空心的木鱼
观音庵的少女
敲成了
佝偻的老太婆
也不肯宽恕它

七

命最苦的
是伐木者
被愤怒的枫香树
压在了身下
又被大杉木做的棺材

吞进了肚里

八

青冈木命硬
挨了千刀，被制成木偶
穿上了衣服
在人间演戏
演得十分逼真
只有那个
牵过手的女孩
知道他掌上的木纹

九

只有他自己知道
体内的铁
和身后的线

我在水泥厂的日子

与鲁胜在废铁堆场久坐

你看我们的水泥厂，像不像教堂
如果那些烟囱，用尖顶来取代的话？
你看这水泥，像不像骨灰？
你觉得水泥抹平后，路面下的蚯蚓，会不会死？

又与鲁胜在废铁堆场久坐

颚式破碎机坏了，张着口，望着天

鲁胜坏了，张着口，望着天
他得了尘肺病，上班不戴口罩，戴了就出不动气

天也坏了
落在身上的那层粉末，不是雪

知道天坏在哪里，可是我找不到足够大的扳手

值夜班

我和鲁胜，捉了很多青蛙，装进蛇皮袋
夹在单车后座上
蛇皮袋自行跳下来，敞开自己
青蛙们蹲在机修车间里，像一台台颚式破碎机

其中一只，被鲁胜赶进盐酸桶，溶化掉了

又值夜班

用铁锤，制造雷，用焊钳，制造闪电
半夜后，一块断掉的弹簧钢，变成了剑
一块废弃的铁，得到了尊严

后半夜，我又用水管做了个铁鞘
一块骄傲的铁，应该有一个女朋友

第二天，给鲁胜看，他再也不肯还我
一个废掉的人，用一把高贵的剑，切开了一个西瓜

再值夜班

鲁胜上去就不见了。我们推测
可能一脚踩进了螺旋输送机，被绞成了肉泥
经过煅烧和碾磨，最后成了水泥

那段时间，水泥全部供给了新城
办身份证，进入那幢庄严的九层大楼时，我迟疑了一下
仿佛即将进入一个河南电工的内部

摩托车赋

一

至少
还有一条路
尾巴一样
默默地跟着你

二

买辆摩托车
可以追上青藏的季风
追上怒江
如果路足够好
可以追上
轻狂的少年

三

好的路
健康而有野性
有石头
水坑和蜥蜴
有暴雨和彩虹
会往人烟稀少的地方钻
不停地加减挡
不停地变向
好的路，能让驾驶变成创作

好的路，有细节
有悬念
还有惊喜

四
好路上
你能找到多年前
在草籽花的田埂上
开铁环的快乐

五
好的路
会保佑行人
好的摩托车
会保佑骑手
好的骑手
会把摩托车
停在樱花树下

六
一万公里后
摩托车产生了意识
两万公里后
产生了情感

巴青的雨夜
洪水涨到了油箱
它驮着你冲过激流的样子
像极了冲过
鳄鱼河
也要迁徙的角马

七

你的旅行
其实就是迁徙
是大地在召唤
所以你告诉她
可以祝福
可以祈祷
但不要阻拦

八

路，穿过椰树林
把你从阴森的乱坟堆里
接了出去

九

三万公里
就得换车了

修车的樊世忠说
摩托车被你买走
是不幸的
他从后胎
拔出一颗两寸的钉子

十

三万公里后
摩托车产生了意志
风雨中
铝合金的意志
驮着虚弱的你
一路向南
你所需要做的
只是控制方向、速度
和思念而已

十一

摩托车也分雌雄
女式的是雌性
体质纤弱一些
然而，一个女子骑着女式摩托
轻易地超过了你
没牌照，没头盔

长发散乱
在鹦哥岭
像山鬼骑着她的雌豹
怎么也追不上

十二
一个动人的目的
能让一条不好的路变好

十三
五十多公里后
当车灯变成注视
当你以为
会发生故事的时候
她转入人民北路不见了
你停在董棕下
发现人海
比太平洋还要辽阔
还要荒凉

十四
路，渐渐老化
渐渐僵硬
开始顺从围杆

摩托车慢了下来
尽量避开
裂缝和坑洼
那是路的伤口

十五

把你送到木兰湾
路，一头扎进了太平洋

十六

虚无感
像暮色一样
吞没了沙滩上那对
并肩而坐的恋人
也吞没了
你和摩托车

十七

羡慕起玄奘来
拥有那样一条动人的路
能让自己
走十七年
死八十一回

动静赋

一

修行者，盘腿而坐
脸上，落了苍蝇，一动不动
落了耳光，一动不动
落了唾沫，一动不动
修行者一样
狙击手一趴就十八个小时
一只蜻蜓落枪管上走了
又来了一只斑鸠，落在枪管上

二

仔细听听
积雪深谷的宁静
剧院散场后的宁静
茶叶取空后陶罐的宁静
铜钟生锈的宁静
一群人在台下等待台上宣布
或者宣判的宁静
和一个人默哀的宁静
是有区别的

三

切割机慢慢地
进入一块石头的内部

没想到，在山顶沉默了
千万年的花岗岩
内部，装满了声音
吵得我一个中午
没睡着

四

电视屏幕中央，有只苍蝇
谁也懒得动
她看《天龙八部》
苍蝇进入了江湖
在刀剑、血火和恩仇里
淡定如扫地僧
我接着看纪录片
苍蝇抵达了阿根廷的深冬
在安第斯山脉
与金雕一起
在呼啸的狂风中
俯视着人间的冰雪

五

从外面破，鸡蛋是静物
从里面破，就成了动物
水，在木盆里

是一面镜子
泼在茄子根部
会像蚯蚓一样
钻进土里
水，在横断山区
会吞掉牦牛、房子
和几吨重的岩石

世间所有的结局，都在火里

一

走远了，走久了
会冷，会累，会怕
会怀疑，会很想念一个人
你知道
此时此刻
你需要的
只是一堆火

二

最初，火
只有蝌蚪那么大
瑟瑟发抖
喂孩子一样
喂她稻草、枯叶
她最爱吃
棉花糖一样的
芭茅绒

三

火，长大了
会往怀里钻
她的舌头
舔得你额头发烧

她有牙齿
嚼麻花一样
嚼你递去的枝条
朽掉的松木
要检查一下
有没有过冬的虫子

四

柴，烧完了
周围的垃圾
都捡来烧了
火，黯淡，消瘦
奄奄一息
取出诗集
救火
撕裂声
是纸在尖叫

五

趴下来
人工呼吸一样
反复吹气
白纸，焦黄，冒烟
火，活过来了

一队队汉字
则在火里扭曲、挣扎
最终死去

六
诗歌里面竟然
有这么多的光和热
烧《虚构》
《废墟》
《大地赋》
《写给儿子刘云帆》几页
火里传来
轻微的爆裂声

七
到处是芭茅
哪里都想燃
什么都想燃
重新上路之前
你得灭掉火
灭掉你亲自生的
亲自养大的火

八

准备用尿液
想想，去路边
团了一抱雪

九

血犹未冷
打开摩托车灯
深寒的深夜里
如同一点
风都吹不灭的火

十

脚下的路
是越来越短
导火索

夜行赋

一

一样的捕鼠
一样的孤傲
鹰，被世人歌颂了千年
而猫头鹰
成了不祥之物
因为猫头鹰
是夜行者

二

一样的蠕虫所化
一样的破茧而出
蝴蝶被世人当成了
美梦和爱情的化身
而飞蛾成了扑火的笨蛋
因为飞蛾
是夜行者

三

你也是夜行者
选择了深夜骑摩托赶路
出城，就看到了
被人遗弃的月亮

四

在岔路口
回家的你
突然改变了方向
跟着月亮走了
月光不提供温暖
但能给夜行者
提供急需的影子

五

“没有影子的东西
是难以活下去的”
米沃什说

六

那些卑微的事物
到了夜里才敢发光
流浪狗、流浪猫、黄鼠狼
发的绿宝石的光
偷情的夜行者
发的是手电筒的光
偷渔的船儿，会在水面上
拖出鱼尾状的月光
长途货车个头最大

光，也最亮
每次远光与近光的转换
是夜行者
对夜行者的眨眼

七

“月亮出来亮汪汪
想起我的阿妹在深山
哥像月亮天上走
山下小河淌水清悠悠”
你对着深夜
唱起了对她唱过的歌
把城乡接合部唱成了深山
把 224 省道
唱得波光荡漾

八

蟾蜍也是夜行者
大多数这种
横过公路的夜行者
因为过于从容
过于相信人类
变成了一味薄薄的中药
嵌在大地上

——医书上说
蟾衣，乃吸纳天地阴阳之华宝
可治世间一切恶疾

九

凌晨四点了
苏老板还守着夜宵店
守夜人低头翻着
炭火上圆白的饵块
对你追了半夜
追了两百公里的
又圆又白的月亮
看也不看
你吃掉了饵块
无量山吃掉了月亮

十

找旅馆住宿
夜，是夜行人的壳
摘掉了壳
你由蜗牛
变成了蛞蝓

大地赋

一

穿着肉色的波浪裙和丝网袜的女子，上了运煤车
以为是司机叫的伴车女郎
长年与收费站、交警和煤老板打交道
谁都需要慰藉，只是可惜了好看的盘螺髻
到车头我才发现，她就是司机
玲珑的女子，发动了六十吨的大卡车
狮吼着进入了太行山，华北平原由此变成了黄土高原

二

不到半亩的花生地里，竟然竖着九个稻草人
全是女孩的衣服
让我生出三个推测
土地的主人很穷，这些花生对他很重要
这里的鸟，多而凶猛，会刨出刚成熟的花生
这家人有个九岁的女儿
没有玩伴，喜欢扎稻草人
看到那个大红公主裙的稻草人，又生出第四个推测
这可能是一种纪念

三

敌意，农药一样，残留在土壤里很多年了
锄头，散发着冷兵器的光芒
挥锄的姿势，自古以来没有变过

逐渐增大的力度和幅度
发泄着复仇的快感
土块像头颅一样，被种黄豆的汉子，一一敲碎
这种黄豆土，被人捏成人的模样，放进神龛后
这个汉子，扑通一声，跪了下去

四

到了两千米的地底下，人会变成鬼
矿洞挖穿了，遇到邻矿的人
主动递烟，主动道歉，主动撤退
撤退不到半个小时，炸药炸了
黄土高原是个大包子，莜麦、菜花、豌豆花
是表面上的褶，馅，在地底下
但是，那晚在董家岭的窑洞里
一觉睡了十二小时，醒来，连阳光和牛粪都是新鲜的
我又改变了主意，将来还是土葬吧

五

一片林子，落下那么多杏子
我只捡到六颗完整的
其余的，都被大地吃掉了
在西乌旗草原，亲眼看见一只死去的绵羊
雪糕一样，被大地吮化了一半
在西乌草原睡着后

裸露的脚踝和脖子，又麻又痒
感觉有舌头，在尝舐我

六

医书上说，疼痛，分十级
断指，七级；难产，八级；晚期癌症，十级
我的痛，在七到十级之间
写诗，是纸上的分娩
难产的字，会在体内长成肿瘤
痛到无人诉说的时候，站在十五楼
看这片大地，全部是肿瘤

七

当我出走，大地又成了我的医院
那些大山，是我的医生
那些河流，是我的护士
那些湖泊，是更柔和更耐心的护士
再往远处走，大地会成为教室
日月星辰，风沙雨雪，都是我的导师
教我谦卑，教我忏悔，教我热爱，并指给我回家的路

八

曾经骑摩托，穿过青藏高原和云贵高原
到武陵山脉，到长江中下游平原

见过喜马拉雅人赶集，往返要六天
遇到泥石流更久，遇到大降温
可能把自己和牦牛，兑换成白花花的雪
也曾经蹲下去，趴下去
让五岁的外甥，或四岁的儿子
在后背上上下下
所以我知道为什么，大地会越来越低

九

这次又从塔克拉玛干沙漠
骑摩托到青藏高原
我知道为什么，大地要突然站起来
海拔从五百米陡增到五千米
遗世独立，才能留得住那些宝贵的雪
因为我们需要黄河和长江
印度人需要恒河
我们和缅甸人需要怒江
我们和缅甸人、老挝人、泰国人、柬埔寨人
还有越南人
甚至太平洋
都需要澜沧江

纸　命

一

被镜子忘记的，被纸记住了

二

你握着笔，像林教头
握着他的矛
翻过来发现
纸的背后，另一个自己
把纸，当成了盾牌

三

与其让白纸背负黑字
不如糊成瓦片风筝
去背负苍天
风筝比大雁听话
但孩子的目光，让空中的纸
不堪重负

四

用一下午，与白纸对峙
最终，退却的是你
用半生与白纸对峙
你发现，已经身陷重围

五

有些纸，在蒙受不白之冤
有些纸，变成了钱
有人用满板车的纸
换一张钞票
有人用钞票点烟
有人，烧收到的情书，煮水
有人，烧寄不出去的情书，取暖

六

张爱玲回的求爱信
是一张白纸
——“你自己填”
在伊犁的喀拉峻
大地给你一片没有足迹的雪原
——“你自己走”

七

那些字，再也没有回到纸上

澧水传（组诗九首）

看澧水

看有三种：看风景的看，看故人的看，看医生的看
这回，是第三种

城里，什么都比你高、比你硬
澧水永远比你低、比你软，像个絮叨的心理医生
告诉你，在流逝面前，什么都是小事

焦虑交给她，当初的你还给你。一把星星，是她给你的镇静药

流年河

前半生，像条小船，单人单桨，在滔滔大河中挣扎

这几年，大多数的时候，依然像条小船
静静地搁在十五楼

只有那次，在戈壁、沙漠和烈日中
一个人、一辆车，跑成了一条澎湃的、不可阻挡的大河

光阴渡

渡口都是成双的。这岸和对岸，隔着苍茫的澧水
像遥遥相望的两个人，隔着苍茫的三十年
澧水上，几乎每座繁忙的水泥桥下
都有一对被人遗忘的渡口，长满了野蒿

渡口，彼此似乎还记得彼此
这岸桃花开，对岸也跟着开；对岸桃花落，这岸也跟着落

去南源看杉木河

爷爷有两个爱人，澧水有两个源头。去哪里，犹豫了
北源，是贺龙拔刀的芭茅溪，滩多，潭多
南源，是刘代琴的杉木河，油菜花多，红卵石多

选择去杉木河，去看做火腿的妹妹
她生了个女儿，比她还胖，又生了个儿子，比女儿还胖
脸颊贴着婴孩的屁股，生命为什么比水还要苍凉

宿桑植

多年前的夜里，后生家们突然走了，家里人都不晓得
几万人出征，几十个人回来

睡到半夜过，流水如过兵，天上一轮月，人间一盏灯
睡到半夜过，流水如过兵，只听脚板响，不见人作声

过也过不完，过也过不完，过也过不完
过也过不完，过也过不完，过也过不完，过也过不完

茅岩河的月色

一只野兔！第一反应是爆炒，多放辣椒和姜丝

第二反应，才是用摩托车轧

当时，月光像目光一样慈祥，风将落花，轻拿轻放
当时，河水像长命锁一样，发着银质的脆响

幸好没有轧到，要不然，提着一只血淋淋的兔子
在浩瀚的月光下，怎么躲藏

张家界，适合孤独的城市
一天没人说话，打开窗帘看看变幻的天门山，就好了
十天没人说话，去市中心看看静止的水，也好了

扔一块石头，就击破了整座城市
在水边，你和物理学家、佛学家，达成了一致
宇宙只是全息图像，如梦幻泡影

守一城，等一人，头发已经花白的男人，让你想起了
守一城，捍天下，苦战十六年的郭靖

在石门澧水大桥上
她看着澧水的来处，你看着澧水的去处，都在落泪
人世值得，因为还有几个真正懂得悲伤的人

你是悲凉，仰头就好了；她是悲痛，泪流不止

后视镜里，她伏在桥栏上抽搐

担心她跳下去，她离开了，你才离开
澧水的去处，满城灯火，澧水的来处，满天星斗

送澧水
烂夹渡，脚迹渡，岩泊渡，洋河渡，易家渡，停弦渡
没有人送，你送水，送三天，送四百里

睡在停弦渡，耳朵深处都有水响
此时割脉，怀疑流出的，会是清澈的水

送和被送都是幸运的，梁山伯和祝英台最理解
从停弦渡回来，雨，一直跟到张家界，感觉是澧水又在送你

大怒江

过往的，多是亡命天涯的
毒贩和妓女
以及一些国籍不明的
野鸭、野鹤、野鹭鸶和野云
扎洛住在江边的小茅棚里
唯一的亲人就是那条船
因为摆渡了 三十一年，这里
被人命名为扎洛渡
扎洛喜欢喝酒，陪他喝开心了
可以免渡钱
酒是野稗酿的
味苦，烧喉，后劲猛
三碗过后，扎洛的话
又多又乱，江里的石头一样
扎洛很少离开，黑熊
会来偷干鱼、腊肉和咸菜
他说，这里有过几次枪战
水深滩急，尸体落进怒江
要到印度洋才浮得起
他说，生意最差的时候
半个多月，见不到一个人
每到月圆，悬崖下，苦竹里，会有哭声
他说，那是江里的冤鬼想家了
扎洛不喜欢摆渡，可是离开怒江

又不知道怎么活
扎洛说自己在等一个女人
女人的屁股比磨盘还大
涨大水，女人在茅棚里
留了八天。水消后，扎洛
不准她过去，多少钱都不渡
说那边有战乱、蛊毒、性病、瘴气
女人还是悄悄地走了
她受不了这阴间一样的峡谷
她是半夜泅水走的
那晚还与扎洛喝了很多酒
一走，就是五年零九个月
扎洛相信女人的水性
相信怒江不会为难这样的好人
他相信女人一定会回来
她的粉饼还留在茅棚里
她的屁股一看就是生儿子的相
扎洛还在等一场暴雨
他说自己最喜欢的事情
就是在电闪雷鸣的夜里
把船撑到江心的礁石上
脱光所有的衣服
像江神一样站在船头
一手把篙，一手对着怒江自慰

天地摇晃，波涛汹涌
大怒江在暴雨里
像极了那个喜欢叫床的女人

胡家寨的牧羊人

寨子里只剩
胡生元和他的四十一只山羊

人走了，草就回来了
羊儿像新月一样，一天比一天肥
为了压寨里的阴气，胡生元
给它们一一安上了熟人的名字

头羊叫胡光宏
那是他的知交，一辈子都想当回官
五年前，在城里扎脚手架时，摔死了
就埋在青枫岭上
那里的草长得特别好

断角的羊，叫木匠老三
他断了一只手，也是左边的
下得一手好象棋
现在在城里摆残局

那只呆头呆脑的，叫杨代课
和杨老师一样，它个子瘦
经常望着远方，不吃草
村小并校后，不知下落
有次卖羊，胡生元看到他在场上卖一堆枞菌

怀孕的黑羊，叫兴华婆娘
羊羔的名字都准备了
公的叫胡健，母的叫胡秋燕
前者，在牢里蹲着；后者，在城里做鸡

最不听话的那只，叫胡兴华
胡生元每天都骂它娘，踢它屁股
他是村里的小组长
不仅搞大了唐玉娥的肚子
还砍了胡生元的两棵核桃树
后来跟女儿去了上海，据说学会了跳舞
中秋，胡生元准备亲手杀了它

傍晚，青枫岭乌云滚滚
那只叫唐玉娥的白羊丢了
老胡满山地喊，声音凄厉
像喊一个离开了二十七年的人

戊戌年晚春的抒情

一

爱夜晚
深夜还做事
做完事还骑摩托出行
舍不得那些
深夜里发光的事物
星星、手电筒
以及窗子

二

爱白天
雨天也爱
阳雀开叫、桐子开花
苜蓿田的开犁
蚂蚁搬家
都是人世间的
大喜事

三

我爱母亲
她怕芝麻虫
胜过怕蛇
最近又有些怕我了
越来越听话

按时散步
按时吃药
按时量血压

四

我爱妻子
攒钱、持家、交际
像我的母亲
练歌的时候
缠着我说话的时候
坐在摩托车后座的时候
又像我的女儿

五

我爱儿子
比我当年还自卑
不再想方设法地逃学
前几天
省下伙食费
带回了两袋奶糖
吃得他母亲
今天的嘴，都还是甜的

六

我爱那些山
天山、兴都库什
昆仑、喀喇昆仑
唐古拉山
念青唐古拉山
都有雪，都有鹰
让我可以
抬起头来

七

我爱那些水
羊卓雍措
额尔古纳、乌伦布
额尔齐斯
怒江、澜沧江
澧水、猛洞河
以及风溪
都可以
还我清白

八

我爱这具肉体
粗陋但耐用

沿着这么难走的路
走了这么久、这么远
人都没有了
他还在走
路都没有了
他还在走

九

体内
有些坚硬和疼痛
有些光芒
在堆积、磨砺
发炎、红肿、结晶
最后钙化成
有珍珠光泽的文字
那是我
最爱的诗歌

十

爱的越多
越怕死。越怕死
越爱乱想
——如果我死了
就会彻底地失去

所有的所有——
妻子会去找
另一个男人
带着钱财、房产
带着我买的翡翠手镯
带着我的儿子

十一

如果我死了
最可怜的是母亲
会大哭，会骂天
会撞墙
她有脑动脉硬化和高血压
甚至可能发疯
见过发疯的许四娘
在大西街
抱着邮筒
喊儿子的小名

十二

如果我死了
体内，那些
没来得及
化成文字的诗意

将化成
淡黄的软蛆

十三

我怕死
非常非常地怕
每天都
战战兢兢
如果有人趁我买水果
推倒我的房子
我会告状
如果法律不管
也不会报仇
——算了吧
对方有黑社会背景
而我又没有房产证
和土地使用证

十四

如果有人
抢我的摩托车
我不会反抗
只要把命留下
让我还可以

在这片土地上
用脚漫游
用手写诗
临走，会把头盔
也给他

十五

如果他们
说我卖国、卖友、卖春
批我、斗我
给我脸上刺金印
只要把命留下
叫我认罪
我就认罪
叫我学狗叫
就学狗叫
用锄头敲死过
一条大黄狗
我还记得它的叫声

十六

但是
如果还有暴秦
灭六国，焚书

坑儒，坑四十万降卒
如果还有荆轲
问我愿不愿意去咸阳
明知成也死
败也死
扪心自问，我会说
“我愿意”
条件是
不带秦舞阳

十七

如果
还有日寇围城
如果他们人性未泯，说
有人垫在履带下
可以阻止坦克的
碾压和屠杀
扪心自问，我会拖延
实在没有人出声
我会从人群中站出来，说
“我愿意”

十八

如果真有老天爷

如果他真的懂天理
如果他真有眼睛
如果他盯着
我的眼睛，问
愿不愿意，作为祭品
换取这片土地的
诚实和公正
扪心自问，我会说
“我愿意”

十九

说的时候
会很轻
很轻
尽量不让母亲听见

这一生

一

黄，是这一生的主色调
黄昏一样荒芜
黄金一样冰凉

二

这一生，感谢天和地
感谢上天，给人间以报应和护佑
让我有所害怕
有所信赖，有所坚持
大地，给了我无尽的学养
让我阅读四季，理解生死
大地，给了我无数的感动
很多到过的地名
都变成了人名，让我怀念
让我想再回去看看
大地，还给了一条
布满了荆棘和风景的路
让我行走，让我狂奔
让我停下来，痴痴地回望
等待和寻找
是这一生的主题

三

这一生，有很多后悔
最愧对的，是父亲和儿子
还有一只狗，名叫大圣
第一锄头没敲死
在菜花里，转一圈，又回来了

四

这一生，感谢这具肉体
虽然粗糙、难看
但强壮有力
带着一颗这么倔强的灵魂
千山万水，千辛万苦
不管不顾，不舍不弃
感谢这双眼睛，至今视力还很好
可以在最深最黑的夜
望见最远最暗的灯
至今还有丰盈的泪水
洗我的污垢和悲伤

五

这一生，注定是个失败者
世俗和时间两个对手，太过强大

六

这一生，要感谢诗歌
她像一个情人
陪我到天明
陪我到天边
她从不嫌弃我的清贫
一起吃雪，一起睡草
一起承受他们的唾沫和石头
她像一个女神
替我沟通天、地、人、神
她给荒原涂上了温润的琥珀色
我的生命，因此
显得壮丽和高贵

七

这一生，我会回到
靠水的木屋里
每天做四件事
种菜、酿酒、喂鹅
等几个远来的客人
死神，是走在最后的那位

跋：湘西辞

感谢命运，将我的童年放在了湘西
让我成为我母亲的儿子、我姐的弟弟

祈求命运，将我的老年放回湘西
让我做好我母亲的儿子、我姐的弟弟

群山之上，那些柔软的云，都是苍天的耳朵